イレギュラーズ・パラダイス!
赤い童話のワールドエンド
JN266383
風の章――
第四の神畏
伝承にありしは
荒ぶれる風の王
その拳をもちて
愚者を撃ちぬかん!

「……私の話など誰も聞いてませんな」
コンラッド◆貸し出しカウンター責任者
「こいつは高く売り飛ばせるな」
レクト◆ケリポット図書館二代目館長

「売るな、このろくでなしのダメ館長！」
ヒャッカ◆館長の世話係
「おやつの色鉛筆もたくさん買えるね」
リーフ◆整理部門の主任司書

「よお、なかなかにドキドキの体験だったぞ」

イレギュラーズ・パラダイス

赤い童話のワールドエンド

FM48-4
132

上田志岐

富士見ミステリー文庫

口絵・本文イラスト　榎宮祐
口絵デザイン　元良志和

目次

序章 7
第一章　異端者達《いたんしゃたち》の楽園《らくえん》と始まりの鍵 10
第二章　笑うきぐるみと深夜の訪問者 40
第三章　ひび割れた殻《ケリポット》と二人の館長 88
第四章　壊《こわ》れたレンズとソフトクリーム 149
第五章　歪《ゆが》んだ世界に鐘《かね》は鳴る 202
終章 254
あとがき 258

ディック、ディック、ディック、どこにいる？　君を探しにでかけよう

——赤い童話『ＤＤＤ』最初の一行

序章

今日も、いつもと変わらぬ一日だった。

いつもと同じということは、いつもと同じに館長《かんちょう》がろくでなしだったということだ。

このケリポット図書館の館長は、職員の私が言うのもなんだが、ちょっとおかしい。

館長の自覚《じかく》はゼロだし、仕事もしない。

少し天気の悪い、曇《くも》り空のお昼近くに屋根裏部屋《やねうらべや》から起きてきて、寝癖《ねぐせ》のついた髪《かみ》のまま、だらしない服装《ふくそう》で図書館を歩いて、職員休憩室《しょくいんきゅうけいしつ》で勝手に他人のおやつを食べていた。しかも、その中に私が閉館《へいかん》の後に食べようと楽しみにしていたプリンもあった。

そのことを怒ったら、館長はへらっと惚《とぼ》けた笑いを浮かべて、走って逃げてしまった。

どーでもいいが、ネクタイぐらいはきちんと締《し》めてほしい、と思う。

いくらケリポットが貧乏《びんぼう》で、ほとんど利用者《りようしゃ》がいないと言っても、あれでは他の職員に示《しめ》しがつかない。

初代館長が亡《な》くなってから二か月、レクト・ルードワーズ、彼が新しい館長になってから、どうにも図書館の規律《きりつ》が緩《ゆる》んで、だらけて、溶《と》けてる気がする。

それというのも、全部、全部、あのろくでなしで、女ったらしで、嘘吐《うそつ》きな館長のせいだと私は思う。せめて、必要最低限《ひつようさいていげん》の仕事ぐらいはして欲しい。そうでないと、館長の世話係《せわがかり》という名目《めいもく》の、実質《じっしつ》、館長の後始末係《あとしまつがかり》の私に面倒《めんどう》がいっぱい回《まわ》ってくる。

今日だって、返却期間の過ぎた本を大量に溜《た》めている会員に送る督促状《とくそくじょう》に館長のサインが必要だったのに、どこにもいなかった。

館長室にも、閲覧室《えつらんしつ》にも、返却カウンターにも、職員休憩室にも、書庫《しょこ》にも、目録室《もくろくしつ》にも、屋根裏部屋にも、屋根の上にも、書架《しょか》と書架の隙間《すきま》やじめじめ湿《しめ》った床下にも、どこを探してもいない。

最後に図書館の正面玄関前に木の樽《たる》が一つ、不自然《ふしぜん》に置かれていて、その蓋《ふた》を開けてみたら、中に館長が隠れていた。

話を聞いたら、リーフとかくれんぼの最中《さいちゅう》だ、という事らしい。

そんな館長が入った樽を、なんとなく蹴飛《けと》ばしたら、樽は横に倒れて、そのままセントラル・エッジ・ストリートをどこまでも転がっていってしまった。

これは、楽しみにしていたプリンを食べられた仕返しとか、そういうことでは多分ない。

それから辺りが暗くなり、ケリポットの閉館時間が近づいた頃、館長は樽を頭から被《かぶ》って帰って来た。

その時、館長はポケットからプリンを取りだし、私にくれた。食べてしまったお詫《わ》びらしい。

本当は、全然仕事をしない館長を反省《はんせい》させるために、図書館から締《し》め出《だ》して、一晩《ひとばん》ぐらい樽の中で生活させようか、と計画していたけど、プリンに免《めん》じて許《ゆる》してやることにした。

これは決して、買収《ばいしゅう》なんかではない……と思う。

そんな、こんなで今日もケリポットはいつものように閉館時間がやってきた。ちなみに、今日も図書館利用者はゼロだった。

寂《さび》しいが、近頃はこんな日が毎日続いている。やはり館長があれだからだろうか。まあ、そのことは、明日にでも考えよう。

それはともかく、夜の図書館の巡回《じゅんかい》も何事もなく終わった。本当はこれも館長の仕事だが、彼は既《すで》に屋根裏部屋で眠っているから仕方《しかた》なく、私がまたいつものように代理《だいり》でやった。

それにしても朝遅くて、夜早い、ついでに昼寝もしている館長は、一日にいったいどれぐらい寝ているのだろう。ちょっと興味《きょうみ》があるかもしれない。

とにかく巡回も終わって、こうして一日の最後の仕事に私は図書館日誌《にっし》を書いている。

明日は、今日よりもいい日であることを祈《いの》りながら、筆《ふで》をおこう。

できれば、明日は晴れがいい。

ケリポット図書館日誌　エイラク・ヒャッカの記述より抜粋《ばっすい》

第一章　異端者達《いたんしゃたち》の楽園《らくえん》と始まりの鍵

ケリポット図書館　書庫5－12

一人の少女がランタンを手に、暗い森を歩く。

勝気そうな十代後半ほどの少女。きつめの黒目に、背の半ばまである燃えるような赤髪、細身の体に色鮮やかな橙《だいだい》の旗袍《チーパオ》を纏《まと》い、その上に黒のジャケットを羽織《はお》っている。腰《こし》にはベルトのように細い銀鎖が巻かれ、そこに鍵束《かぎたば》のついた鉄輪が嵌《は》められていた。

昼だというのに太陽の光の差しこまぬ暗闇《くらやみ》。

少女の手にした光の精霊《せいれい》が封《ふう》じられた懐中光灯《かいちゅうこうとう》が、己と周囲をゆらゆらと照《て》らしだす。

周囲に聳《そび》える数十、数百の木々、歩みを惑《まど》わすように幾重《いくえ》にも分かれる細道。

古く淀《よど》んだ空気を運んでくるかすかな風と自分の足音と腰につけた鍵束がこすれあう音以外、何も聞こえぬ静寂《せいじゃく》。

全《すべ》ての生き物が死に果てて、木々も朽《く》ちるのをただ待つだけの、黒き滅《ほろ》びの森。

森を歩きながら、そのようなことを彼女――エイラク・ヒャッカは連想する。だが、ここにあるのは滅びだけではないこともまた彼女は理解《りかい》していた。

大陸の西にある島国《しまぐに》ツトラウドの南方に位置する都市グーデリア。その片隅《かたすみ》に建てられたケリポット図書館の地下四階。

開架式書庫《かいかしきしょこ》――5－12。

青い空と地面に代わり、二枚の鉄格子《てつごうし》の間に不透明《ふとうめい》なガラス材が嵌《は》めこまれた床と天井。太陽にむかって枝を伸ばす木々は木製《もくせい》の書架となり、そして、華《はな》やかであるべき花々は無愛想《ぶあいそう》な装丁《そうてい》を施《ほどこ》された蔵書が代役を務める。

これは人によって造《つく》られた森だ。

あたりまえだが、木製の書架が熟《じゅく》した果実を孕《はら》むことはない。だがその代わりに人間の叡智《えいち》と歴史を刻《きざ》みこんだ蔵書を宿《やど》す。

ランタンの形をした懐中光灯《かいちゅうこうとう》を前方にかかげ、書架と書架の間の通路を淀《よど》みなく進んでいく。

この図書館の職員であるヒャッカにとって、書庫は自分の庭のようなモノだ。そして、彼女の目は何かを探すように前方を見据《みす》え、他の感覚《かんかく》で注意深く周囲の気配を探る。

それはまるで獲物《えもの》を探す狩人《かりゅうど》のような雰囲気《ふんいき》を醸《かも》しだしていた。

そんな彼女が、唐突《とうとつ》に立ち止まる。

本来なら通路であるべき場所。そこに今は書架が壁《かべ》のように聳《そび》え立ち、彼女のゆくてを阻《はば》んでいた。

記憶《きおく》とは違《ちが》う書庫《しょこ》配置《はいち》。無駄《むだ》に分岐《ぶんき》する通路に、無意味《むいみ》な行き止まり。

地上からここまで、もう数えるのもバカらしいぐらい、これと同じ事態《じたい》に遭遇《そうぐう》していた。暗闇と相俟《あいま》って、まるで自分が迷宮《めいきゅう》に潜《もぐ》っているかのような感覚に陥《おちい》る。

眼前の書架に貼《は》られた5－37という、本来ここにあってはいけない書架番号にヒャッカは、正しくその原因を推察《すいさつ》し、ウンザリしたように顔を顰《しか》めて、

「あのろくでなし」

最近、すっかり口癖《くちぐせ》になってしまった台詞《せりふ》をぼそりと呟《つぶや》く。そして、袋小路《ふくろこうじ》から抜けだすために踵《きびす》を返そうとした、その時。

ガタン、と小さな物音がどこからともなく響《ひび》いた。

途端《とたん》、髪《かみ》の下に隠《かく》れていたヒャッカの耳飾りのついた尖《とが》った耳がぴくんっと飛びだし、音の方向を探るようにぴくぴくと震《ふる》える。

とまた音がした。

今度はさっきよりも大きく、ガタンと何かがぶつかるような音だった。

その音に導《みちび》かれるように、ヒャッカは慎重《しんちょう》に足を忍《しの》ばせ、足を一歩前に踏《ふ》みだす。足音を消すため注意深く床《ゆか》を踏みしめ、腰《こし》の鍵束《かぎたば》は揺《ゆ》れて音をたてないよう、そっと手でおさえる。

紛《まが》いモノの森を、マガイモノの精霊が歩く。

書庫の細い通路《つうろ》。幾《いく》つ目《め》かの角を左に折れた時、自分のもつ懐中光灯《かいちゅうこうとう》以外の光源《こうげん》に彼女は辿《たど》りついた。

床に懐中光灯が置《お》かれ、周囲をうっすら明《あか》るく照らしている。そこで男が一人、暢気《のんき》に鼻歌などハミングしながら、きちんと番号順に整列していた書架をずりずり引きずって、移動させている姿があった。

十代後半程度の、中肉中背の男。寝癖《ねぐせ》みたいに外に跳《は》ねた薄茶《うすちゃ》の髪、口には火のついていない煙草《たばこ》を咥《くわ》え、趣味《しゅみ》の悪い丸レンズのサングラスをかけていた。そして、黒を基調《きちょう》としたスーツをだらしなく着崩《きくず》し、解《と》けたネクタイがだらりと首から垂《た》れ下がり、腰にはベルトとチェーンという服装。

「……やっと見つけた」

その男に対する様々な感情を綯《な》い交《ま》ぜに、ヒャッカは小さく呟《つぶや》いた。

サングラスに咥え煙草の、どこか軽薄《けいはく》そうな男——レクト・ルードワーズ。彼を探しだすために、彼女はここまでやってきた。

レクトはヒャッカがすぐ近くまで来ていることにも気付かずに、引きずってきた書架を通路のど真ん中に据《す》えつけ、あるべき道を封鎖《ふうさ》した。

そこまでやって、彼は額《ひたい》に滲《にじ》んだ汗を拭《ぬぐ》い、

「これでよし」

満足そうに言った瞬間《しゅんかん》――気配を忍ばせ、すぐ後ろまで来ていたヒャッカが懐中光灯を振《ふ》りかぶり、

「よしじゃない！」

がしゃんっと騒《さわ》がしい音をたて、男の脳天《のうてん》をカチ割《わ》る勢《いきお》いで激突《げきとつ》させた。

「いだぁぁ〜〜〜〜〜！」

不意《ふい》打《う》ちの激痛《げきつう》に頭を両手で抱《かか》えて、レクトは床《ゆか》をごろごろ転がりまわる。

その背中《せなか》を、ヒャッカは微塵《みじん》の容赦《ようしゃ》もなくブーツで踏《ふ》みつけて、

「仕事サボって、こんなところでなに遊んでるんですか！」

不機嫌《ふきげん》そうに目を細め、レクトを見下ろす。すると、足の下でピンを刺《さ》された昆虫標本《こんちゅうひょうほん》みたいにじたばた動いていた彼は唐突《とうとつ》に動きを止めて、

「なんだ、ヒャッカか。ずいぶんと乱暴《らんぼう》な挨拶《あいさつ》だな。もしかして、最近の流行か？」

まったく何事もなかったかのように、惚《とぼ》けた笑《え》みを浮《う》かべ、

「しかしあれだな。今ので脳味噌《のうみそ》がちょびっと耳から飛び出して……」

「なわけないでしょ、このろくでなし」

あからさまなデタラメにヒャッカは呆《あき》れたように目を眇《すが》め、

「だいたい、なんだって書架を勝手に移動させたんですか。そのせいで私がここに来るまでどれだけ苦労したか」

図書館の地下にある書庫、普通ならここまで来るのに十分も必要ない。なのに、今日は一時間以上もかかってしまった。

はっきり言って、時間の無駄《むだ》という他ない。しかも、その原因は間違いなく目の前の男にあった。

まったく悪びれたふうもない男の笑顔に、なんだか腹が立ってくる。

何を考えてるのか、あるいは何も考えてないのか、系統別《けいとうべつ》に分類された蔵書を収めた書架を勝手に移動して、無駄《むだ》な袋小路や分岐路《ぶんきろ》を造り、書庫を迷宮《めいきゅう》に仕立《した》て上げた。

何かまっとうな理由があるなら文句はない。

レクトにはそうするだけの権限《けんげん》がある。何故《なぜ》なら、彼は——

「あなたには館長としての自覚《じかく》がなさすぎです」

ろくでなしで、嘘《うそ》吐きで、ついでに女ったらし、仕事もさぼってばかりで、厄介事《やっかいごと》ばかり巻《ま》き起こす無責任《むせきにん》男。だがそれでもレクト・ルードワーズはケリポット図書館の館長だ。

はっきり言って人間として駄目《だめ》っぽいレクトが、どうして館長なのか。

その理由は、とても、とても単純《たんじゅん》だ。

それはレクトが人間だからだ。

ケリポット図書館はマガイモノの職員だけで構成《こうせい》されている。その唯一《ゆいいつ》の例外がレクト・ルードワーズだった。

マガイモノとは、精霊《せいれい》、ゴーレム、ホムンクルスなど人の形を模《も》した、だが人でなきモノたちの総称《そうしょう》だ。ヒャッカにしても東方の大国で編纂《へんさん》された神話辞典《しんわじてん》を媒体《ばいたい》に魔術師《まじゅつし》によって造《つく》りだされた『書禮《しょれい》』という人工精霊だ。

そんな彼女の尖《とが》った耳には製作者《せいさくしゃ》や製造番号《せいぞうばんごう》、個体情報《こたいじょうほう》が刻《きざ》み込まれた識別標《しきべつひょう》があった。円筒《えんとう》の、マッチ棒ほどの大きさ。

これは人とマガイモノを区別《くべつ》するためのものだ。

ケリポット図書館の職員たちは、本の精霊である書禮たちやおんぼろ老いぼれゴーレム、失敗作のホムンクルス、捨て精霊——そんなマガイモノたちだった。そして、人間でないマガイモノに、人権《じんけん》はない。対外的《たいがいてき》には図書館の備品《びひん》として登録《とうろく》されているマガイモノに図書館の責任者《せきにんしゃ》である館長になる資格《しかく》はなく、また許されない。

館長になれるのは人間だけ。そして、ケリポットでたった一人の人間であるレクトは図書館を存続《そんぞく》させるために必要不可欠な部品だ。たとえ、それがどうしようもない欠陥品《けっかんひん》であったとしても替《か》えはないし、返却《へんきゃく》だってできはしない。

そして、ヒャッカは一月《ひとつき》前に館長になったばかりの彼を補佐《ほさ》する世話係《せわがかり》。

床に転がる館長と、それを踏みつける世話係。立場的《たちばてき》には間違《まちが》っているが、力関係的には正しい図式《ずしき》かもしれない。

「もし書庫を改装《かいそう》するつもりなら、その前に私かリーフあたりに一言《ひとこと》あって然《しか》るべきです。

それをいきなり書架の移動なんかするから、会員《かいいん》や職員《しょくいん》が書庫で迷子《まいご》になるし、書庫に戻《もど》さないといけない返却済《ず》みの蔵書はカウンターに溜《た》まる一方で、通常業務《つうじょうぎょうむ》にも支障《ししょう》でまくりです。しかも館長がどこにもいなくて、私のところに苦情《くじょう》が殺到《さっとう》したりで、ほんとにもう最悪《さいあく》でした」

ヒャッカは腰に手をあて、館長を見下ろしたまま、それまで溜《た》めこんでいた不満《ふまん》を一気にレクトにぶちまける。それからほんの少しの間をおいて、

「で、なんでこんなことしたんですか？」

「いや、あれだ。朝、目が醒《さ》めたら、急に図書館の模様替《もようが》えがしたくなってな」

「あ〜〜、そうですか。だったら、屋根裏にある館長の私室《ししつ》の模様替えでも思う存分してくださいい。っていうか、あの部屋、少しは整理《せいり》してください。服とか、ゴミとか、よくわからないモノとかが多すぎです」

「いや、アレはアレで居心地《いごこち》よくて、なかなかいいぞ」

「不衛生《ふえいせい》だって言ってるんです。鼠《ねずみ》とか繁殖《はんしょく》して、蔵書を齧《かじ》られたら困るんです」

「だったら、ヒャッカが掃除《そうじ》してくれ」

「お断《ことわ》りです」

戯《ふざ》けるようなレクトの提案《ていあん》を即座《そくざ》に拒否《きょひ》して、

「それで、ほんとの理由はなんですか」

笑って、だけど目だけ笑わず、ヒャッカが話題を元《もと》に戻《もど》す。

模様替えなんてバカな理由を信じるほどヒャッカはお人好しではない。しかも、館長は無駄《むだ》な嘘《うそ》を吐《つ》くのが大好きという困った性癖《せいへき》の持ち主だ。

「あと今度ふざけたこと言ったら、折りますよ」

何を、とは言わない。ただ、レクトの肋骨《ろっこつ》あたりを踏んだ足に軽く力をこめる。

するとレクトはあっさり素直《すなお》に、

「いや、実は図書館だけじゃつまらないから、ついでに迷路でも造ってみようかと思ってな。不況《ふきょう》なご時世《じせい》だからこそ、挑戦的多角経営《ちょうせんてきたかくけいえい》が必要に……」

無責任に笑って、べらべら自白しはじめる。先ほどと同じか、もしくはそれ以上にバカらしい理由。だがヒャッカの直感は、これは真実だと告《つ》げていた。

深く、深く深呼吸を一つ。それからヒャッカはおもむろに足を振り上げて、

「そんなことで勝手に図書館改造するな！　このろくでなしの駄目《だめ》館長」

館長の顔面めがけてブーツの底《そこ》を叩《たた》きこんだ。

次の瞬間、ぐしゃっとトマトが潰《つぶ》れるような音がした。

ケリポット図書館　書庫1－1

地上一階にある書庫の出口。

そこから明るい光が見えた。懐中光灯に封《ふう》じられた光の精霊の発する無機質《むきしつ》な灯《あか》りではなく、暖《あたた》かい太陽の光だ。

出口間近にある1－1の番号の貼《は》られた書架の隣《となり》には、おんぼろな机《つくえ》が一つおかれていた。本来、この机には書庫に入る者のために二〇以上の懐中光灯が用意されている。だが、今は一つもない。

館長がデタラメに移動させた書架を所定《しょてい》の位置にきっちり戻すため、書庫に潜った職員たちが使っているからだ。

暗闇を抜け去り必要のなくなった懐中光灯を二つ、ヒャッカは机に戻す。自分と、そして後ろにいる館長の分だ。

「しかしあれだぞ。今こそグーデリアには迷路が必要だと思うんだがな。与えよ、さらば、求められんだ」

「あ〜〜、そうですか」

後ろで、フレームの曲がったサングラスをかけ、顔面にくっきりヒャッカの足跡《あしあと》が残る館長が、まったく反省《はんせい》の色なくふざけたことをほざく。

それにおざなりな返事をしながら、ヒャッカが書庫の出口をくぐると、

「ヒャッカちゃん、お帰り〜〜〜」

舌《した》ったらずな幼《おさな》い声が出迎《でむか》えてきた。

その方向に顔をむければ、幼い少女が貸出《かしだし》カウンターの台にちょこんと座《すわ》って、無邪気《むじゃき》な笑顔でひらひらと手を振っていた。

ケリポット図書館一階　貸出カウンター前

蒼《あお》いどんぐり目、左右で束《たば》ねた髪《かみ》、まだ初等学校《しょとうがっこう》に通っているぐらいの年齢《ねんれい》の少女——リーフ・エスペランサ。ふわふわのワンピースに、後ろに大きなリボンのある白のエプロン、胸元《むなもと》にはケリポット図書館のロゴが入ったタイをつけている。そして、識別標がつけられた、細く尖った耳。

リーフもまたヒャッカと同じく書禮で、マガイモノだ。彼女はケリポット図書館の整理部門《せいりぶもん》の主任司書《しゅにんししょ》でもある。

ただ問題なのは、服の左袖《ひだりそで》につけられた『司書官』と大きく書かれた腕章《わんしょう》がなかったら、子供な彼女を図書館職員だと誰も思わないことだろう。もっとも、本人はそんなことまったく微《み》

塵も気にしてないが。

 そんなリーフが返却待ちの蔵書と一緒になって貸出カウンターに乗っかって、足をぶらぶらさせていた。

その姿にヒャッカは軽く眉《まゆ》をひそめ、彼女に近づき、

「リーフ、行儀悪《ぎょうぎわる》いからカウンターから降りなさい」

「は〜〜〜い」

リーフは間延《まの》びした返事をして、両足を揃《そろ》えてトンっと床に着地《ちゃくち》する。それから、ヒャッカの後方に視線《しせん》を移し、

「あっ、レクト君みつかったんだ」

「ああ、見事に捕《つか》まったぞ」

ヒャッカの後ろで残念そうにレクトは肩をすくめ、それからよれよれのジャケットの内ポケットから煙草を一本取りだし、口に咥える。

それを見たリーフは自分もエプロンのポケットからおやつに常備《じょうび》している黄色の色鉛筆を取りだし、ぱくっと齧《かじ》って、

「へっへ――――、レクト君の真似《まね》」

ちょっと得意《とくい》げに胸をはる。ちなみに色鉛筆は黄色が甘くて、赤はぴり辛、青は滑らか、緑は苦い味がするらしい。

「おっ、けっこう似《に》てるな」

レクトが感心したよう目を細めると、リーフは嬉《うれ》しそうににまっと笑って、それから何かを思い出したように口に手をやり、

「あっ、そういえば二人に会いたいっていうお客さんが、さっき米たよ。今は閲覧室《えつらんしつ》で待ってて貰《もら》ってるけど」

「誰ですか？」

「女なら大歓迎《だいかんげい》だが、男だったら俺は居留守《いるす》だ」

「この女ったらし」

レクトの思いきり男女差別な発言に、ヒャッカは呆《あき》れたようにぽつりと呟《つぶや》く。

そんな二人を面白そうに眺《なが》めながら、

「お客さんは、シモンズさんって女の人だよ」

「……あの人ですか」

その名を耳にした瞬間、ヒャッカの顔にかすかな不安が滲《にじ》みでた。

ケリポット図書館　螺旋階段《らせんかいだん》

ケリポット図書館の一階と二階を繋《つな》ぐ鉄の螺旋階段。二階の閲覧室で待っているシモンズに

会うため、その階段を上がりながら、

「彼女は何をしに来たんでしょう?」

来館した目的を推測《すいそく》するようにヒャッカがぽつりと呟く。すると、傍《かたわ》らを歩いていたレクトは軽薄《けいはく》そうな笑みを浮《う》かべて、

「俺の顔が急に見たくなったとか」

「なわけないでしょう。館長、ふざけないでください」

「ふざけてないぞ、真面目《まじめ》だぞ」

「だったら、尚更《なおさら》たち悪いです。だいたい、館長、わかってるんですか」

「何をだ?」

「彼女が市の役人だってことです」

シー・シモンズ、彼女はグーデリア市庁第三監査室《かんさしつ》で勤務《きんむ》している初級事務官《しょきゅうじむかん》だ。そして現在、ケリポット図書館は市に関わる、とっても大きな問題を抱《かか》えている。

この図書館は二〇年前、初代館長である老魔術師ポリグロット・ルードワーズによって設立された。私立かつ会員制の図書館で、それゆえ運営資金《うんえいしきん》は会員の会費《かいひ》のみ。その会員でさえごく少数しかいない、完全無欠の貧乏弱小図書館《びんぼうじゃくしょうとしょかん》。

それでも初代館長が存命《ぞんめい》だった二〇年間は、それなりにうまくやってきた。だが、彼が二月《ふたつき》前に亡《な》くなってからは、もう最悪だった。

最初の一月で、ただでさえ少なかった会員は櫛《くし》の歯《は》が欠《か》けるように脱会《だっかい》していき、さらにグーデリア市内にある同業図書館の嫌《いや》がらせに、底辺《ていへん》を這《は》いずるような財政悪化《ざいせいあっか》。あげくの果てには、市議会《しぎかい》の決定によるケリポット図書館の廃館通告《はいかんつうこく》。

ヒャッカは知らなかったが、この図書館の建物《たてもの》と土地《とち》は市の所有財産《しょゆうざいさん》で、それを初代館長が借《か》り上《あ》げ、今の図書館に改装《かいそう》したらしい。

が初代館長の死亡を契機《けいき》に、市は図書館との賃貸契約《ちんたいけいやく》の解除《かいじょ》と、それに伴《ともな》う廃館決定《けってい》を一方的に通知《つうち》してきた。

その時、実際にケリポットまで足を運《はこ》んできたのがシモンズだ。そのせいで、ヒャッカはあまり彼女にいい印象《いんしょう》がない。

それが一月前の話。そして、これには続きがある。

ケリポット図書館の廃館には一年の猶予《ゆうよ》があり、その一年の間に図書館の会員を一〇〇〇人集めることができたら廃館処分は撤回《てっかい》される。

「だけど、逆に言えば　〇〇〇人の会員を集めない限り、ケリポットは廃館になってしまうということです」

「まあ、そうだな」

「ところで、館長は現在、この図書館の会員が何人だかご存知《ぞんじ》ですか？」

「あ〜〜〜、九九九人ぐらいか」

「そんなに多かったら、こんなにケリポットは暇《ひま》じゃありません。っていうか、多すぎです。デタラメ言わないでください」

「だったら、一人か」

「館長、あんまり戯けていると階段から蹴落としますよ」

ヒャッカが忠告《ちゅうこく》のような警告《けいこく》を発すれば、

「ほんとは三一人だ」

「正解です、たったの三一人です。しかももう一月が過ぎて、約束の期限《きげん》まで十一か月しかないっていうのに」

あと十一か月で九六九人もの会員を集めなければ、ケリポットは潰《つぶ》れてしまう。なのに、館長のレクトは危機感《ききかん》ゼロで書庫に迷路《めいろ》なんかつくって遊んでる。

ケリポット図書館の暗い未来を思わず想像してしまい、ヒャッカは慌《あわ》ててその想像を振り払うように首を振る。

とそこにレクトが暢気《のんき》で、お気楽《きらく》な口調でもって、

「まあ、なんとかなるだろ」

「その根拠《こんきょ》のない自信が今は少しだけ羨《うらや》ましいです」

「だったら、好きなだけ分けてやるぞ」

レクトが両手を広げて、惚けたようににやっと笑う。暗い雰囲気を吹き飛ばし、呆《あき》れるほど

に暢気な館長。

そんなレクトを見ていたら、真面目に悩んでいる自分がバカらしく思えてくる。だから、ヒャッカはちょっと困ったように軽く顔を顰《しか》めて、

「まったく、館長はほんとにろくでなしですね」

いつもの口癖《くちぐせ》を呟《つぶや》いた。

ケリポット図書館二階　閲覧室

螺旋階段を上がってすぐのところにある閲覧室。

空色の丸天井《まるてんじょう》、古いデザインの縦長《たてなが》の飾《かざ》り窓《まど》、武骨《ぶこつ》な机《つくえ》と椅子《いす》。壁《かべ》には木製《もくせい》の書架が並び、そこにはケリポットのラベルが貼《は》られた蔵書。壁際《かべぎわ》には暖炉《だんろ》と安楽椅子《あんらくいす》が据《す》えられている。

二〇年前、図書館設立当初《せつりつとうしょ》とまったく変わらぬ、時代に左右《さゆう》されない、重厚《じゅうこう》で落ちついた雰《ふん》囲気《いき》が自慢《じまん》の閲覧室だ。

もっとも貧乏私立図書館のケリポットには、どれだけ古くて、おんぼろになっても、館内を改装するだけの資金がないだけ、という事情もあったりするが。

そんな閲覧室の窓際の席で、シー・シモンズは座《すわ》っていた。

若くて小柄《こがら》な女性。ガラス眼鏡《めがね》をかけ、まだ新品のグレーのスーツを着ていた。どこか落ち

つきがなく、おどおどしていて気が弱そうな感じがする。

レクトとヒャッカが閲覧室にやってくると、彼女は椅子から立ちあがり、

「あっ、その、こんにちは。あの、突然、お邪魔《じゃま》しちゃってすみません」

ぺこりと挨拶《あいさつ》してみせる。

そんな彼女にレクトは足早に近づき、

「別に邪魔じゃないぞ。シモンズだったら、何時《いつ》でも何処《どこ》でも大歓迎《だいかんげい》だ」

馴《な》れ馴《な》れしく彼女の手を握手《あくしゅ》の名目《めいもく》で握《にぎ》りしめる。

こういう接触《せっしょく》に殆《ほとん》ど免疫《めんえき》なさそうなシモンズは、案《あん》の定《じょう》、すぐに顔を赤くして、

「あ、あの、そのレクトさん……」

「けっこう堅《かた》いな。ペンだこもあるし」

「えっと、その、事務官って書き仕事ばかりで、それに一人暮《ぐら》しだから家事も自分でしなくちゃいけないし。あんまり綺麗《きれい》な手じゃないですよね」

ちょっと恥《はず》かしそうにシモンズが目を伏《ふ》せる。するとレクトは柔《やわ》らかい笑《え》みを口元に浮《う》かべて、両手で彼女の手を包みこみ、

「でも、こういう仕事してる感じの手、俺は好きだぞ。なんか一生懸命《いっしょうけんめい》な感じがして」

「あ、あのありがとうございます」

しどろもどろにシモンズが礼を言う。

そこに出遅《でおく》れたヒャッカがやってきて、

「何時までも突っ立ってないで、二人とも座ったらどうですか。それと館長、ここは図書館です。女性を口説《くど》く場所じゃないことをお忘れなく」

にこやかに微笑《ほほえ》みながら、ヒャッカはぐりぐり館長の足を踏みつける。レクトは一瞬、痛そうに顔を歪《ゆが》めたが、すぐにへらっとした笑みを浮かべて、

「ああ、そうだな。図書館は本を読んだり、借りたりするところだもんな」

「はい、そうです。それを常《つね》に忘れないでいてください」

なんだか緊迫《きんぱく》した雰囲気にシモンズが落ちつきなく、

「えっと、どうかしたんですか?」

「いや、なんでもないぞ。ちょっと小指を机の脚《あし》にぶつけただけだ」

「あ〜、あれって痛いんですよね」

レクトのデタラメをあっさり信じて、シモンズが納得《なっとく》したように頷《うなず》いた。

「で、今日は何か用ですか。やっぱり図書館のことでしょうか」

しきり直すように椅子に座った三人、その中でまずはヒャッカがシモンズを牽制《けんせい》するように口を開く。

一年で一〇〇〇人集めなければ、ケリポット図書館は廃館。

思い出しただけで気が重くなるような、その通知《つうち》を持ってきたのはシモンズだ。それからも時々、ケリポットに現状を調査しに訪《おとず》れたりしている。

今回もそうだろう、と勝手に推測《すいそく》し、身構《みがま》えていたヒャッカだが、

「いえ、今日はそっちのお話じゃないんです」

予想に反してシモンズは首を横に振り、そこにレクトがふざけた口調《くちょう》で、

「じゃあ、あっちの話か」

「えっと、多分、あっちじゃなくてこっちです。あのですね、この本を図書館で預《あず》かってほしいんです」

嚙《か》み合《あ》ってるのか、嚙み合ってないのか微妙《びみょう》な会話をしながら、シモンズが持参《じさん》していた鞄《かばん》から分厚《ぶあつ》い一冊の本を取りだし、机の上に置いてみせる。

「随分《ずいぶん》と古い本ですね」

古書独特《こしょどくとく》の乾《かわ》いた埃《ほこり》のような匂《にお》い、くたびれた赤い布地《ぬのじ》の装丁《そうてい》に、擦《す》れてしまい殆《ほとん》ど消えさってしまった題字《だいじ》。保存状態《ほぞんじょうたい》もさほどよくなかったらしく、日に焼《や》けて変色《へんしょく》してしまった部分もある。

「……DDDですか」

読解不能《どっかいふのう》な小文字《こもじ》を省《はぶ》き、かろうじて文字としての形を維持《いじ》していた大文字だけを繫《つな》ぎ合わせて、ヒャッカが題名を呟く。

「開いてもいいですか？」

「はい、かまいません」

シモンズに断りを入れてから、ヒャッカはＤＤＤの扉を開き、そこに印刷《いんさつ》されていた文字の羅列《られつ》に興味深《きょうみぶか》げに目を細める。

「これはおそらくメルクルト語ですね」

今では世界の共通言語となっているエンペリアの原型言語の一つ。文字そのものは殆どエンペリアと同じだが、単語や文法レベルでは相当に異なり、読解には専門《せんもん》の知識《ちしき》が必要とされる。今では一部の聖職者《せいしょくしゃ》や魔術師、それに暇《ひま》な物好きが教養《きょうよう》として習得《しゅうとく》するだけの廃《すた》れた言語だ。

見慣《みな》れた文字で書かれた、読めない文章が印刷されたページを捲《めく》っていたヒャッカの手がＤＤＤの最後のページで止まる。

そこに印刷ではない手書きの一節があった。

「わ、私は……この場所に……鍵《かぎ》を落とし……」

やはりメルクルト語で書かれた文をなんとか読もうとするヒャッカ。

その傍《かたわ》らからＤＤＤを覗《のぞ》きこんでいたレクトがあっさりと、

「我は世界に終わりと始まりの鍵を与えよう。されど、これだけで扉は開かず。サーペント・Ｄ・スペンサー。この本の著者か、持ち主だった奴《やつ》の落書きだな」

「館長、これ読めるんですか」

「まあな、ちょっと昔に暇つぶしに覚えた」

軽く頷くレクト。こんなところにも暇な物好きが一人いた。

「すごいですね」

シモンズが感心したふうに言えば、

「別に大したことじゃないぞ。一定の文法を覚えて、あとは単語を暗記すればいいだけの話だからな」

レクトはにっと笑って、

「幸い、この目のおかげで記憶《きおく》は得意でな」

丸レンズのサングラスを外し、その下にある青紫色《あおむらさきいろ》の瞳《ひとみ》を外界に晒《さら》してみせる。

均一《きんいつ》な朱《しゅ》と蒼《あお》を掛《か》けあわせ、空を一滴垂《いってきた》らしたような青紫の目。これまで見た全てのモノを記憶し、溜《た》めこむことができる邪眼《じゃがん》の一種《いっしゅ》だ。

ろくでなしの嘘吐《うそつ》きで女ったらし、欠点だらけの館長。彼が持つ唯一《ゆいいつ》と言っていい長所で、特徴《とくちょう》だ。

もっともどんな優《すぐ》れた能力でも、

「こいつがあると、一度擦《す》れ違《ちが》っただけの綺麗《きれい》なお姉さんの顔とか絶対に忘れないから便利なんだよな」

使う人間次第《しだい》だが。だらしなくへらっと笑う館長を見ていると、つくづくそのことを思い知らされる。

自分の長所、というか人生そのものを無駄《むだ》に浪費《ろうひ》しているっぽいレクトを横目にヒャッカはぱたんっとDDDを閉じる。それからシモンズを見て、

「ところで、この本はどこで手にいれたんですか？」

メルクルト語で記述《きじゅつ》された、古書。市に勤《つと》める、ただの初級事務官の持ち物としては不自然だ。古書収集《こしょしゅうしゅう》の趣味《しゅみ》でもあるなら別だが、そういう話は聞いていない。

「えっと、その、これって預《あず》かり物《もの》なんです。今の市長さんが当選《とうせん》した時に事業福祉《じぎょうふくし》の充実《じゅうじつ》をって公約《こうやく》があったんですけど、覚えてますか？」

「ああ、そういえばあったかもしれませんね」

人権がなく、投票権《とうひょうけん》も当然ないマガイモノのヒャッカは曖昧《あいまい》に相づちをうつ。

「で、その公約をきちんと実行してますってアピールするために、私みたいな下級公務員はボランティアで老人福祉の現場に行くように上司の人に命令されてるんです。でも、ほんとは市は福祉関連に殆ど予算割《よさんわ》り振《ふ》ってないし、そのお金だって実は市長が横領《おうりょう》してるなんて噂《うわさ》も流れてたりするんですけど……」

「あの、あなた、ほんとに市の役人ですよね？」

市の危《あぶ》ない内情《ないじょう》を垂《た》れ流《なが》すシモンズに、ヒャッカが思わず口を挟《はさ》む。すると彼女はまったく何もわかっていない笑顔で頷いて、

「はい、そうですけど。それがなにか？」

「……いいえ、なんでもないです。話を続けてください」

「はい、えっと、それで私は一人暮しのお年よりを訪問《ほうもん》して、お話し相手になるってボランティアをやってるんです。それでウエストタウンのお屋敷《やしき》で一人暮ししてるおばあちゃんと仲良くなったんですけど、そのおばあちゃんが急に入院することになっちゃって……」

不意にシモンズは声のトーンをおとし、暗く俯《うつむ》き、

「……それで長くないから、この本を預《あず》かって欲しいって。前に聞いたんですけど、この本はずっと前におばあちゃんの旦那《だんな》さんが購入《こうにゅう》したモノで、想い出がたくさんつまった本なんです。それを誰もいないお屋敷においておくのは寂《さび》しいからって」

「人間が死ぬのは当たり前のことです。励《はげ》ましにもなりませんが、そのことを忘れないでください」

寂しそうに顔を雲らせるシモンズ。彼女を励ますようにヒャッカが神妙《しんみょう》な顔でそう言う。するとシモンズはほんとうに不思議そうに首を傾げて、

「へっ、なんでおばあさんが死んじゃうんですか？　ただのぎっくり腰ですよ」

「でも、今、長くないって」

「ああ、それは退院まで長くないってことです」

「あ――、そうですか」

「それでこの本を預かったんです。けど、実はこの前、空《あ》き巣《す》に入られちゃって……」

「そいつは物騒《ぶっそう》だな」

「そうなんです。その時は部屋を荒《あ》らされただけで、本も市庁のデスクに置いてあったから大丈夫だったんですけど、もしまた空き巣に入られて、それで預かり物の大事な本を盗《と》られちゃったらどうしようって悩《なや》んじゃって。そしたらケリポットのこと思い出して……」

うじうじとどこまでも長く話すシモンズ。

そんな彼女の台詞《せりふ》をジャッカは先取《さきど》りし、

「それで当館に本を預けることを思いついたと」

「はい、そうなんです。図書館だったら、本を預けても問題ないかなって」

「残念ですが、そういう業務《ぎょうむ》はおこなっていません」

ヒャッカがきっぱり断ると、途端《とたん》にシモンズはガラス眼鏡《めがね》の下で涙をぶわっと浮かべ、

「そんなこといわないで――。私、田舎《いなか》から出てきたばかりで、こっちに友達いないし、お願いします！」

ヒャッカに縋《すが》りついて泣きだしてしまう。

「あ――、こんなことで泣かないでください。しかも、それをなんで私の服で拭《ふ》こうするんですか！」

「う〜〜、でも勝手にでてきちゃって」

「だからそれを私で拭くなって言ってるんです！」

静かだった閲覧室にヒャッカの叫び声とシモンズのぐずるような泣き声が響《ひび》き渡《わた》る。そこにもう一つ、暢気《のんき》な声が加わった。

「だったら、会員になってもらったらどうだ」

その途端《とたん》、抱《だ》きつき、抱きつかれた体勢のまま、ぴたりと彫刻《ちょうこく》みたいに固《かた》まるシモンズとヒャッカ。

そんな彼女らにレクトが言う。

「無関係な人間の本を預《あず》かるのが図書館として問題あるなら、会員の本を保《ほ》管《かん》、あるいは一時的な寄贈《きぞう》って名目《めいもく》にすればいいだろ。まあ、そのためにはシモンズに会員になって貰《もら》うのが前《ぜん》提《てい》だがな」

「わかりました。会員になりますから本を預かってください！」

シモンズは即座《そくざ》に頷《うなず》いて、ヒャッカはしばし考えるように視線《しせん》を空色《そらいろ》の天井に漂《ただよ》わせる。

かなり言《い》い訳《わけ》くさい論法《ろんぽう》だが、この場合、本を預かれば会員が一人増えることになる。たった一人の会員、だが図書館を存続《そんぞく》するためにはどうしても必要な会員だ。

そう結論付けたヒャッカはそれまでの態度《たいど》を百八十度回転させて、営業用の図書会員むけのスマイルをつくって、

「はい、よろこんで。シモンズさんの本は、当館が責任もって預からせていただきます」

「ほんとですか。ありがとうございます」

「それにしても館長も少しは図書館のことを考えるようになったんですね」

ろくでなしの館長が一人だけとはいえ、会員を増やしてくれた。

そのことにちょっと感動しながらヒャッカが言えば、レクトは惚《とぼ》けたような笑みを浮かべて、

「任《まか》せろ。会員になったら、シモンズと会う機会《きかい》も増えるだろうしな」

「目的はそれですか。このろくでなし」

ろくでなしの駄目《だめ》館長は、やっぱり駄目人間のままだった。

某所《ぼうしょ》

グーデリア郊外にある建物。

「まったく、やっとDDDを見つけたと思ったのに」

その屋敷にある部屋で偉《えら》そうに足を組《く》んで、椅子《いす》に座《すわ》った誰かが面倒《めんどう》くさそうに呟《つぶや》いた。

「ケリポット図書館か。どんなところなんだろう?」

その問いかけに、椅子の傍《かたわ》らで控えていた違う誰《だれ》かが即座《そくざ》に答えた。

「二〇年前からこの市にある貧乏《びんぼう》図書館、特徴らしい特徴は館長をのぞいて全部の職員がマガイモノってことぐらいなのです」

「ふーん、マガイモノね。その図書館の館長は人形ごっこが趣味なのかな」

椅子に座った誰かはかすかに笑う。だが、すぐにこれからの未来を思案《しあん》する真顔になり、

「さて、どうしよう？」

「決まってますです。君のモノは僕のモノ。僕のものは僕のもの。欲《ほ》しいモノは力ずくで手に入れろ、なのです！」

単純《たんじゅん》で、それ故《ゆえ》に力強い言葉が部屋に響《ひび》く。

それに椅子に座った誰かは頷《うなず》いて、

「ああ、そうだね。それがいい。あの赤い童話は僕のものだ」

楽しそうに、そう囁《ささや》いた。

第二章　笑うきぐるみと深夜の訪問者

ケリポット図書館一階

長閑《のどか》で、のんびりとした昼下《ひるさ》がり。

ケリポット図書館の正面玄関《げんかん》から延《の》びる一直線《いっちょくせん》の通廊《つうろう》。色褪《いろあ》せた赤の絨毯《じゅうたん》が敷《し》かれた廊下、窓から差《さ》しこむ柔《やわ》らかな陽射《ひざ》し、廊下の両脇《りょうわき》の壁《かべ》にある新刊《しんかん》、雑誌《ざっし》・新聞コーナーからは、まだ乾《かわ》ききらぬインクの匂《にお》いが漂《ただよ》ってくる。

時間さえゆったりまどろんでいるかのような、穏《おだ》やかな空気で満ちた廊下。その突《つ》き当たりに貸出《かしだし》カウンターがあった。

年代モノの樫《かし》の一枚板を使ったカウンター台の内側には、これまた年代モノの老人が、正面玄関を眺《なが》めながら、姿勢正しく立っていた。そして、一言。

「……まったくもって暇《ひま》ですな」

昼過ぎだというのに、今日の図書館を訪《おとず》れた会員数はゼロ。もちろん貸出カウンターを利用した人間は誰《だれ》もいない。

それなのに、カウンター内で図書館利用者を律儀《りちぎ》に待つ彼の名はコンラッド。岩のように厳《いか》つい顔と体格の老人。だが、よく観察してみれば彼の顔にはひび割《わ》れが走り、首には補強用《ほきょう》ギブス、右腕はなく手首から先が宙《ちゅう》にふわふわ浮《う》いている。

二〇年前に図書館が設立《せつりつ》した時からのベテラン職員でカウンターの主《ぬし》の異名《いみょう》を持つ老人、彼は鉱物《こうぶつ》でできたゴーレムだ。傷《きず》だらけで歴戦《れきせん》の戦士のような外見とは裏腹に気性《きしょう》は穏《おだ》やかで、趣味《しゅみ》は編物《あみもの》だったりする。

立っているのは職務熱心からではなく、単純《たんじゅん》に文字通り岩のように重いコンラッドが座《すわ》れる椅子《いす》がないだけの話。さらに両手で編《あ》み棒《ぼう》を握《にぎ》り、器用《きよう》にマフラーを編んでいる。

弱小貧乏図書館の古参《こさん》職員——つまりは仕事が少なく、退屈《たいくつ》な時間ばかりが多いこの仕事に熟練《じゅくれん》しているコンラッドは、自分なりの暇つぶしの仕方《しかた》を体得《たいとく》していた。

と退屈《たいくつ》ながらも、穏やかな時間が流れていたケリポット図書館一階に、

「館長、どこにいるんですか！　いるならいる、いないならいないって、きっちり返事《へんじ》してください」

鉄の螺旋階段《らせんかいだん》を騒々《そうぞう》しく踏《ふ》み鳴《な》らし、平穏《へいおん》を掻《か》き乱《みだ》しながらヒャッカが二階から降りてきた。

黒目、赤髪《あかがみ》の勝気そうな少女、橙の旗袍《チーパオ》を細身の体に纏《まと》い、その上にさらに黒のジャケットを羽織《はお》っている。おまけに腰《こし》に巻かれた鉄鎖《てつくさり》と鍵束《かぎたば》がじゃらじゃら擦《こす》れて騒《さわ》がしい。

一階に下りた彼女は、そのまま慌《あわただ》しくカウンター前を通り過ぎようとする。

そんな彼女にコンラッドは厳《いか》つい顔をゆっくりとむけ、

「おや、ヒャッカ殿《どの》、どうかしましたか？」

編み棒を動かす手を止め、のんびりと話しかけた。すると、ヒャッカはぴたりと立ち止まり、体ごとカウンターの方に振《ふ》りむいて、

「コンラッド、あのろくでなしが何処《どこ》にいるか知りませんか！」

一瞬、ろくでなしが誰のことを指しているのか理解できず、コンラッドは戸惑《とまど》う。だがすぐに手にした二本の編み棒をカツンと打《う》ち鳴《な》らし、

「ろくでなし……。ああ、館長のことですな」

「はい、あの駄目《だめ》館長です。DDDを勝手に持ち出して、そのまま行方《ゆくえ》不明なんです」

DDD——市の初級事務官シモンズから預《あず》かった、古びた本。それを図書館で保管《ほかん》するのと引《ひ》き換《か》えに、シモンズは図書館の会員になる約束《やくそく》をした。

今はまだ約束だけ。彼女が正式に会員になるのは、ぎっくり腰で入院しているDDDの正式な持ち主である老婆《ろうば》が退院した時だ。

退院まではおよそ一月《ひとつき》。その期間中、DDDが何事もなくケリポット図書館に保管されていれば会員が一人増える。

そう、何事もなければ。なのに今日、館長室を訪れたら、そこの書架《しょか》に置いてあるはずのD

DDが消えていた。しかも、館長が赤茶けた、ぼろい本をもって図書館をうろついている姿を目撃《もくげき》した職員もいる。

「あのろくでなしのことだから、DDDをどこかに売り払って、小遣《こづか》い稼《かせ》ぎでも企《たくら》んでるんじゃ。それともページを一枚づつちぎって、紙飛行機《かみひこうき》にして遊ぼうとしてるとか……」

苛立《いらだ》ち紛《まぎ》れに悲観的推測《ひかんてきすいそく》を口にするヒャッカ。

コンラッドは切り傷のようなひびが縦に走る右頬《みぎほお》を軽く歪《ゆが》めて、小さな笑《え》みを形作ると、

「まさか、いくら館長でもそんなことはしないでしょう」

「甘いです。ハニーシロップ一気飲みしても足りないぐらいに甘すぎです！　あれはこっちが想定《そうてい》する最悪の状況《じょうきょう》のさらに上を二段ジャンプで笑って、余裕で飛んでいくような男です」

コンラッドの楽観的希望をヒャッカは自信《じしん》たっぷりな口調《くちょう》で否定すると、

「とにかく館長を見かけたら、捕《つか》まえておいてください。では！」

踵《きびす》を返し、コンラッドに背《せ》をむける。そして、壁《かべ》にかかった図書館見取り図の脇《わき》を足早に通り過ぎ、

「ところで館長でしたら、さっき梯子《はしご》を担《かつ》いで玄関からでていくのを見ましたが……」

一拍遅《いっぱくおく》れて放《はな》たれたコンラッドの言葉を聞くことなく、彼女は開架室《かいかしつ》の中へと消えていった。

そんなヒャッカの後ろ姿を見送りながら、

「……私の話など誰も聞いていませんな」

コンラッドはむなしく呟《つぶや》き、手にした編み棒を再《ふたた》び動かし始めた。

ケリポット図書館　屋根

グーデリア市の中央を南北《なんぼく》に縦断《じゅうだん》するセントラル・エッジ・ストリート。そこに面した片隅《かたすみ》にぽつりとケリポット図書館は建《た》っていた。

地上二階建て、日に焼《や》けてハチミツ色になった外壁《がいへき》、赤煉瓦《あかれんが》の屋根。その外装はよくいえば年季《ねんき》と伝統《でんとう》のありそうな——率直《そっちょく》にいえば古ぼけて、時代遅《じだいおく》れなモノだった。

そんなケリポット図書館で最《もつと》も高き場所。

赤煉瓦が敷《し》きつめられ、緩《ゆる》やかな傾斜《けいしゃ》がある屋根の上、そこに趣味《しゅみ》の悪い丸レンズのサングラスをかけ、煙草《たばこ》を咥《くわ》えた男がだらしなく寝そべっていた。

空から緩《ゆる》やかな陽射《ひざ》しが降《ふ》りそそぎ、時折《ときおり》思い出したように突風《とっぷう》が吹《ふ》く。

屋根に上る時に使った梯子《はしご》からちょっと離れた場所で仰向《あおむ》けになったレクト。彼は屋根の縁《ふち》から足を垂らし、淡《あわ》い太陽の光を遮《さえぎ》るように手にした本を頭上《ずじょう》で開き、

「ディック、ディック、ディック、どこにいる？　君を探しにでかけよう」

棒読《ぼうよ》みな口調《くちょう》で最初の一行《いちぎょう》を呟いた。すると、その声に混《ま》じって梯子がぎしぎし揺《ゆ》れて、誰《だれ》かが屋根に上ってくる音がした。

レクトが上半身を捻《ひね》り起こして、梯子に視線《しせん》をむければ、

「あっ、レクト君だ。やっほ〜〜〜」

蒼《あお》い目、左右で束《たば》ねた髪、尖《とが》った耳の幼《おさな》い少女――リーフ・エスペランサが梯子に小さな手と足をかけ、一段づつゆっくりと上ってくる姿があった。

「よお、リーフ。どうしたんだ？」

「なんか梯子があったから、とりあえず上ってみようと思ったの」

リーフは楽しげな口調で彼女らしい答えを口にして、

「そういうレクト君こそ、なにやってるの？」

「ご覧《らん》の通り、ただの昼寝だ」

「お仕事しないでお昼寝なんかしてると、ヒャッカちゃんに怒《おこ》られちゃうよ」

「あいつが怒ってるのはいつものことだろ」

レクトが惚《とぼ》けたように笑って言えば、リーフはちょっと困《こま》ったように微笑《ほほえ》んで、

「レクト君がちゃんとしてれば、怒られないよ。それにね……」

とっておきの秘密を打ち明けるようにちょっと間をおいて、

「ヒャッカちゃんは笑うと、とっても可愛《かわい》いんだよ」

「そいつは残念。なんだか人生の半分ぐらい損《そん》してる気分だ」

「うん、絶対に損してる」

を移《うつ》しかえる。

肩《かた》を竦《すく》めるレクトに、リーフは明るく頷《うなず》いてみせる。それから梯子を上がりきり、屋根に足を移《うつ》しかえる。

「けっこう風が強いね～～」

ふわふわのワンピース、後ろに大きなリボンのついたエプロン。小さな体に空気抵抗《くうきていこう》の大きな服装のリーフはそんな感想を暢気《のんき》に告《つ》げる。そして両手を広げて上手にバランスをとりながら屋根の縁を伝《つた》って、レクトの方へ歩きだす。

時折吹《ふ》く風にふらつきながらも、どうにかレクトの前まで辿《たど》りつき、

「へっへ――――、到着《とうちゃく》」

リーフはちょっと得意《とくい》げに胸《むね》をはった。それから館長が手にしたＤＤＤに好奇心《こうきしん》を載《の》せた青い瞳《ひとみ》をむけて、

「それってなぁに？」

「こいつは暇《ひま》つぶしに読もうと思って、館長室から持ってきた童話《どうわ》だ」

「なんか難《むずか》しい字が書いてある」

赤茶けた布地《ぬのじ》の装丁《そうてい》で綴《と》じられたページ、そこに書かれた読めない文字にリーフはちょっとつまらなそうな顔になり、

「ねえ、これって面白い？」

「まあまあだな。こいつにはずっと昔の童話が幾《いく》つも収録《しゅうろく》してあって、ちなみにＤＤＤってい

う題名は一番最初にある童話『ディック・ディック・ディック』の大文字だけの省略形《しょうりゃくけい》だ」

「ふーん、そうなんだ。ねえ、レクト君はこの文字読めるんだよね」

「まあ、一応《いちおう》はな」

「じゃあ、リーフに、その本を読んでくれる？」

小さく小首を傾《かし》げて、リーフがお願いするように言う。

「ああ、いいぞ。その代わり、ここにいるのはヒャッカには内緒《ないしょ》だぞ」

「うん、ヒャッカちゃんには内緒にす……」

レクトの交換《こうかん》条件にリーフが頷こうとした時、

「かんちょ――――、そんなところで何やってるんですか！　しかも、ＤＤＤまで持ち出して」

ケリポット図書館の正面玄関近く。ヒャッカがこちらを睨《にら》むように見上《みあ》げながら、腰《こし》に手をあて立っていた。

「よお、ヒャッカ。実は俺は髪《かみ》の毛《け》で光合成《こうごうせい》ができてな。こんな天気のいい日は、太陽の光で光合成をすることにしてるんだ」

「そんなデタラメどーでもいいから、とっとと降りてきて下さい。それとも干物《ひもの》になるまで、ずっとそこにいるのがお望みですか」

ヒャッカは屋根にかかった梯子を軽く蹴《け》って、脅《おど》しをかける。

「あ～～あ、残念、みつかっちゃったね」

路上で騒《さわ》ぐヒャッカを見下ろしてリーフが残念そうに呟いた。

その時、不意に突風《とっぷう》が屋根《やね》の上を撫《な》でるように通り過ぎた。その風に背中を押《お》されるようにリーフがぐらりと体勢を崩《くず》し、何もない空へゆっくり傾《かたむ》いていく。

「わっわわっ」

両手をじたばたさせて体勢を整《ととの》えようとするが間に合わず、

「リーフ！」

路上でヒャッカが悲鳴を上げる。マガイモノの精霊といえど、強度は人間とさほど変わらない。地上二階のケリポット図書館の屋根の上から落ちれば損傷《そんしょう》をするし、下手《へた》をすれば修復《しゅうふく》できないぐらいに壊《こわ》れてしまう可能性《かのうせい》だってある。

何もできないもどかしさにヒャッカはぎりっと奥歯《おくば》を嚙《か》み締《し》める。そして、リーフの小さな体が虚空《こくう》へと落下する――寸前、

「おっと、危ない」

レクトが手にしたモノを放りだし、咄嗟《とっさ》にリーフの腕を摑《つか》んで引きよせる。空へ傾きかけていた天秤《てんびん》が平衡《へいこう》を取り戻し、リーフはストンと屋根の上に尻餅《しりもち》をつく。

どうにか落ちずにすんだリーフはエプロンの上から自分の胸《むね》に手をあてて、

「レクト君、ありがと――。なんか胸がドキドキしてる」

明るく笑って、礼を言う。するとレクトは軽く笑って、

「なに、大したことじゃないから気にすんな。まあ、礼がしたいならあと一〇年もして一回ぐらいデートしてくれると嬉《うれ》しいぞ」

「今じゃ駄目《だめ》なの？」

きょとんと小首を傾《かし》げてリーフが尋《たず》ねる。レクトは惚けた口調で、

「もうちょっと大きくないと俺がつまらん」

「うん、わかった。じゃあ、大きくなったらデート一回。忘れちゃ駄目だよ？」

「ああ、しっかり覚えてるから安心しろ」

屋根の上で交《かわ》される暢気《のんき》な会話、そこにヒャッカの悲鳴のような声が割《わ》りこんできた。

「あぁぁぁぁ――――、ＤＤＤが」

「あっ、しまった」

リーフの腕を摑《つか》むのに邪魔《じゃま》だったＤＤＤ。それを手放したことに今更《いまさら》ながらレクトは気付き、誤魔化《ごまか》すように頭を掻《か》いた。

その間にも世界の重力に引かれて落下していく古びた本。それが石畳《いしだたみ》の路面《ろめん》に衝突《しょうとつ》する直前、ヒャッカが滑《すべ》りこんで受けとめる。

砂埃《さじん》が舞《ま》い、顔や服が汚《よご》れてしまった。だが、それでも自分の手のうちで無事な姿のＤＤＤを見て、ヒャッカははぁっと安堵《あんど》の溜息《ためいき》を洩《も》らす。それからおもむろに立ちあがり、

「館長、なんてことするんですか！」

天まで届《とど》くような大声で、レクトに抗議《こうぎ》する。だが、当の本人はまったく悪びれたふうもなく、屋根の上からひらひら手を振《ふ》り、

「お――――、悪い、悪い。ちょっと手が滑《すべ》っちまった」

「蔵書はもっと大事に扱《あつか》ってください！　特にDDDはシモンズさんから預かってる大事な本なんです！　もし、これに何かあったら、シモンズさんが会員になる約束だって駄目になっちゃうじゃないですか！」

「あ〜〜、シモンズが会員にならないのはちょっと困るな」

「……ろくでなしの女ったらし」

屋根から降ってきた、反省の色などまったくない館長の言葉に、ヒャッカは呆《あき》れたようにすっかり馴染《なじ》んだ台詞《せりふ》を口にする。

そんな彼女の後方の路上で、ダブルでハモッた笑い声が木霊《こだま》した。

「「ははは、話は聞かせてもらったぞ」」

「まったく、また面倒《めんどう》なのが」

その声を耳してヒャッカは空を仰《あお》いで、嘆《なげ》くように呟いた。

セントラル・エッジ・ストリート

グーデリア市は東と西で、大きく二つの区画《くかく》に分けられている。上流階級の居住区《きょじゅうく》や市庁舎《しちょうしゃ》、公共施設《こうきょうしせつ》の建《た》ち並《なら》ぶイーストタウンと労働階級《ろうどうかいきゅう》が暮《く》らすウェストタウン。

その二つのエリアの境界《きょうかい》となるのが、グーデリアの中央を南北に横断《おうだん》するセントラル・エッジ・ストリート――都市の中央《セントラル》にありながら、二つの街の境界《エッジ》に位置《いち》する通り《ストリート》。

そんなストリートの片隅《かたすみ》にぽつりと建つ古ぼけたケリポット図書館。

その正面玄関前の路上に、

「ははは、聞いたぞ、聞いたぞ。この大きな耳でしかと聞いたぞ！」

ちんまりとした背丈《せたけ》に双子《ふたご》みたいにそっくりな顔の男が二人、踊《おど》るようにステップ踏《ふ》んで、くるくる回転《かいてん》しながら現《あらわ》れた。

「王様の耳はロバの耳。いかなる秘密もいずれ、必ず解《と》き明《あ》かされる。この大きな耳の秘密のように！」

しかも何故《なぜ》か揃《そろ》いのロバのきぐるみ着こんだ姿がどうでもいいほど謎《なぞ》だった。ロバの口から小憎《こにく》たらしい笑《え》みを浮《う》かべた顔をだし、ギミックでも仕こんであるのか喋《しゃべ》るたびにロバ耳がぴこぴこ揺《ゆ》れる。

はっきり言って、夜道とかでは絶対出会いたくない類《たぐい》の二人組だ。

彼らはヒャッカの目の前で鏡《かがみ》のようにぴったり揃《そろ》った動きでくるっと回転。カツンと互《たが》いの蹄《ひづめ》の手と手を打ち合わせ、ぴたりと止まってポーズをとって、

「「一日一歩、三日で三歩。一歩進んで、二歩下がる。地道《じみち》な努力を積《つ》み重《かさ》ね、ケリポットを潰《つぶ》すため、我らベトノワール図書館のレーベン兄弟は今日もいく！」」

無駄《むだ》に元気に名乗りを上げるレーベン兄弟。彼らはグーデリア市内にあるライバル図書館――ベトノワールのエージェントだ。

同名の商館が経営《けいえい》しているベトノワール図書館は、貧乏弱小図書館のケリポットとは桁違《けたちが》いの資本力《しほんりよく》をもっている。しかもケリポットを吸収合併《きゅうしゅうがっぺい》して、さらに大きくなるというはた迷惑《めいわく》な野望《やぼう》をもっていて、大小様々な嫌《いや》がらせを仕《し》掛けてくる。

一年で一〇〇〇人の会員を集めなければケリポット図書館は廃館《はいかん》という市議会の決定にしても裏でベトノワールが圧力《あつりょく》をかけたからだ。毎日のようにケリポット図書館の前にきぐるみ姿でやってきて、無意味に踊《おど》るレーベン兄弟もあからさまに営業妨害《えいぎょうぼうがい》の嫌《いや》がらせだ。

ただでさえ交通《こうつう》の便《べん》も、治安《ちあん》もあまりよくないセントラル・エッジ・ストリート。その路上できぐるみ姿の男が二人、ハモって笑《わら》って、踊っていれば誰だって近づきたくはないだろう。

実際、ケリポットの会員からも苦情《くじょう》が寄《よ》せられていて、彼らのせいで脱会《だっかい》した会員もかなりいる。

いくら追い払《はら》っても、次の日にはしつこくやってくるレーベン兄弟。学習能力ゼロの彼らは館長と同じぐらい始末に困《こま》る二人組だ。

あからさまに迷惑顔《めいわくがお》でヒャッカは野良犬《のらいぬ》でも追い払うようにレーベン兄弟に手を振《ふ》って、

「あ――、そうですか。できれば、このまま何事もなかったかのように通《とお》り過《す》ぎてくれると嬉《うれ》しいです」

「『それは無駄《むだ》、無理《むり》、無意味《むいみ》な相談《そうだん》だ。まあ、もっともケリポットを大人しく廃館させてベトノワールに明渡《あけわた》すというなら別だがな』」

「そんなの絶対、お断りです」

偉《えら》そうに腕《うで》を組んだレーベン兄弟の要求《ようきゅう》をヒャッカは強気な口調《くちょう》できっぱり断る。それから毎日違《ちが》うきぐるみを着た兄弟に呆れたように目を眇《すが》め、

「それにしても、いつも違うきぐるみですね」

たしか昨日はネコで、一昨日はワニだった。まったく無駄《むだ》に芸《げい》の細かいきぐるみマニアだ。

「『ははは、常時数百種類のきぐるみ揃《そろ》える、我らレーベン兄弟に死角《しかく》なし！』」

「……っていうか、生きている資格《しかく》がない気がします」

ヒャッカが率直《そっちょく》な感想を呟《つぶや》けば、

「なんだかちょっぴり心が傷ついたぞ。なあ、弟よ」

「うむ、まったくだ。なあ、兄よ」

そんな会話をしながらロバの兄弟はじりじりヒャッカに近づいてくる。ちらちら彼女が手にしたDDDに視線《しせん》をむけながら、あと一歩まで迫《せま》った瞬間《しゅんかん》……

「今だ、兄よ！」

「うむ、弟よ！」

いきなり兄弟は飛《と》び跳《は》ね、ヒャッカからDDDを奪《うば》おうとする。だが、わざとらしいぐらい不自然な兄弟の動きを警戒《けいかい》していたヒャッカは慌《あわ》てず一歩後ろに下がって、その攻撃《こうげき》をかわしてしまう。

目標《もくひょう》を失った兄弟は空中《くうちゅう》で頭をぶつけて衝突《しょうとつ》し、

「「ぬわ——————！」」

激突《げきとつ》の痛《いた》みに頭を抱《かか》えて、埃《ほこり》だらけの石畳《いしだたみ》を転がりまわる。だが、すぐにむくりと立ち上がり、

「「我らの巧妙《こうみょう》な作戦を看破《かんぱ》するとはなかなかやるな」」

「バカらしいぐらいに、バレバレです。どうせDDDを奪《うば》って、シモンズさんが会員になるのを阻止《そし》するつもりだったんでしょう」

ケリポット図書館の会員を減《へ》らし、廃館に追い込もうとしているベトノワール。そのエージェントであるレーベン兄弟の行動を予測することなど容易《たやす》いことだ。

「「ははは、そこまでお見通しならば仕方ない！　大人しく、その本を我らに渡《わた》せ。さもない

と……」」

「さもないと、どうするつもりなんですか？」

ヒャッカが口元を軽く歪《ゆが》め、挑発《ちょうはつ》するようにＤＤＤを掲《かか》げてみせる。するとレーベン兄弟はぴたりと声を揃えて、

「「それはもちろん、実力行使《じつりょくこうし》で奪いとるまで！　いざ、突撃《とつげき》、撃滅《げきめつ》、奪還《だっかん》だ！」」

勇《いさ》ましいかけ声、そしてヒャッカめがけて突撃してくる。

愚直《ぐちょく》なまでに一直線に走ってくるロバ二匹《ひき》。

「まったく、どうしてクリポットにはこんなろくでなしな人間ばっかり集まるんでしょう」

館長こみで愚痴《ぐち》を呟いてから、ヒャッカは気を引《ひ》き締《し》めるように目を細める。そして、ＤＤＤを足元に置き、

「風の章——第四の神畏《しんい》」

両手を前にかざすと、凛《りん》とした声で魔術《まじゅつ》の詠唱《えいしょう》を開始《かいし》した。途端《とたん》、彼女を中心に風が渦巻《うずま》きだした。

魔法とは世界に対する歪んだ規律《きりつ》、本来そこに存在《そんざい》しないモノを存在させる手段《しゅだん》。

魔術師によって造られた書禮であるヒャッカ、そしてマガイモノとは元から世界に歪んだ存在だ。だが、だからこそできることもある。

「伝承《でんしょう》にありしは荒《あら》ぶれる風の王」

詠唱と共に、風にはためくジャケットが異国《いこく》の神を記述《きじゅつ》した十数枚の薄茶《うすちゃ》けた紙切れに成り変わり、そこで語られる異形《いぎょう》のモノの上半身がうっすらと彼女の背後《はいご》に歪み出でる。巨大な体《たい》躯《く》を金属《きんぞく》の鎧《よろい》で覆《おお》い尽《つ》くした風の暴君《ぼうくん》。

ヒャッカが世界に現れるための媒体《ばいたい》として使われたのは遥《はる》か東方の国で編纂《へんさん》された神話辞典。そこには数百の異《い》端《たん》の神々が書かれ、描《えが》かれている。そして、人が紙に書き記した神の幻想《げんそう》をヒャッカは世界へ歪め、表す。

幻想と現実《げんじつ》を綯《な》い交ぜに陽炎《かげろう》のようにヒャッカの背後《はいご》に聳《そび》える風の王。それはごつごつした手甲を握《にぎ》りしめ、

「その拳《こぶし》をもって愚《ぐ》者《しゃ》を撃《う》ちぬかん！」

振《ふ》りかざした拳をレーベン兄弟めがけてぶちかました。大気《たいき》を切《き》り裂《さ》く音《おと》を伴《ともな》い撃ち出された拳は地面を抉《えぐ》り、そして見事《みごと》に兄弟にぶちあたる。

「「のわぁぁぁ～～～～～！」」

拳をくらった兄弟は二人仲良《なかよ》く吹《ふ》き飛んで、空中高《くうちゅうたか》く舞《ま》い上がる。そして頭から落下《らっか》した彼らは石畳に突《つ》き刺《さ》さった。

結果として正面玄関前にロバの首から下が逆さまに地面から生えた奇妙《きみょう》なオブジェができあがった。しかも足がぴくぴく痙攣《けいれん》していて、かなり不気味《ぶきみ》だ。

こんなのを玄関前に飾《かざ》っておいたら、ケリポット図書館の品性《ひんせい》が疑《うたが》われそうだ。だが、触《さわ》る

のも嫌《いや》だったので、

「これに懲《こ》りたら、もう来ないように。次はもっと酷《ひど》いですよ」

物語の幻想から元に戻ったジャケットを羽織《はお》り直《なお》し、ヒャッカはＤＤＤを手に図書館に戻っていった。だがどうせ明日になれば、違うきぐるみ着こんで、彼らは再びやってくる。

そんな確信《かくしん》めいた予感があった。

何故《なぜ》なら、レーベン兄弟は筋金《すじがね》入りのバカだからだ。

ケリポット図書館　屋根

ロバのオブジェを置き去りに、ぱたんっと玄関から館内に戻ってしまったヒャッカ。そして、さっきの騒動《そうどう》を屋根の上から暢気《のんき》に見物《けんぶつ》していた駄目館長と幼い少女は、

「さて、どうするか？」

「どーしよう、このまま干物《ひもの》になるまで日光浴《にっこうよく》するのも面白そうだね」

さっきヒャッカが放った魔術の余波《よは》で外《はず》れてしまった梯子《はしご》について協議《きょうぎ》していた。眼下《がんか》を見下ろせば、地面に梯子が倒《たお》れている。

「ふむ、たしかに人体《じんたい》の限界《げんかい》に挑戦《ちょうせん》ってフレーズには心惹《こころひ》かれるものがあるな」

「だよねー。でも、リーフは人間じゃないからレクト君が頑張《がんば》ってね」

「けっこう薄情《はくじょう》だな」

「そーだね、人間と違《ちが》ってマガイモノは生きてないからね。そういうところはシビアだよ。人間だったら死んじゃうような大怪我《おおけが》だって、修理《しゅうり》すれば大抵《たいてい》は直っちゃうし。面倒だからって、修理しないで捨てちゃう人もけっこういるしね」

「そーいや、カウンターのコンラッドじいさんもぼろいよな」

「コンラッド君はね、廃品回収《はいひんかいしゅう》で前のかんちょーが拾《ひろ》ってきて修理したの。耐久年数《たいきゅうねんすう》なんてとっくにすぎてるガラクタだよ」

「ガラクタね」

どこか面白そうにレクトは呟く。

古ぼけて、おんぼろの図書館に、マガイモノのガラクタたち。そして、自分はろくでなしの駄目館長。

まったくここはグーデリア中のゴミが集まったような場所らしい。市が廃館にしたいと思う気持ちもわからなくもない。

「でもね、それでもここは必要《ひつよう》な場所なの」

「どーしてだ、ゴミはそのまま捨てちまえばいいだろう。誰《だれ》も必要としてないんだからな」

「そうだね、誰も必要としてない。でも、リーフたちはここにいる。必要ないかもしれないけど、ここにいる。だったら、私たちは少しでも長くこの世界に留《とど》まりたい」

リーフが楽しそうに節をつけ、

「だから、ガラクタにも居場所は必要。ここはレクト君の前のかんちょーが造《つく》ってくれたガラクタたちの居場所なの。だから、ここはこう呼ばれてるの」

普段《ふだん》の幼《おさな》さが影《かげ》を潜《ひそ》め、ただ真摯《しんし》に青い空に手を伸《の》ばし、

「誰にも必要とされないモノたち、でも、必要とされなくても生きることを望《のぞ》んだ者たち。そんな彼らが憩《いこ》える場所――異《い》端者達《たんしゃたち》の楽園《らくえん》を造りだそう。レクト君の前のかんちょーは、それが欲《ほ》しくて、この図書館を造ったの」

とても、とても高きにある蒼天《そうてん》。そこに浮《う》かぶ太陽《たいよう》――決《けっ》して届《とど》かぬことを知りながら、それでも太陽に手を伸ばし、リーフは小さな手を握《にぎ》り締《し》めた。それから彼女はちょっと恥《はず》かしそうに頭を掻《か》いて、

「な――んて、ちょっと今の外装に似合《にあ》わないこと言っちゃったかな」

いつもの明るい笑顔になって、

「ね～～～、そういえば知ってる？　整理部門のトライトちゃんがね、警備部《けいびぶ》のポール君にラブレター書いたんだって」

「何、そいつは残念。トライトはけっこう可愛《かわい》いから目をつけてたのに」

「あはは――、ほんとに残念だったね。でも、カウンターのテレサちゃんはレクト君のことけっこう格好《かっこう》いいとか言ってたよ」

「ふむ、そいつは貴重《きちょう》な情報だな」

「うん、リーフに感謝だね。お礼はプチエラのジェラードでいいよ」

「おう、了解《りょうかい》だ。それで他にも面白い情報はないのか」

「そういえば、未確認情報だけど実はレクト君とヒャッカちゃんはラブラブ～なんて情報もあるけど、真相はどうなのかな？」

探るようにリーフが訊《き》けば、レクトはにやりと笑い、

「まあ、それはこれからの展開《てんかい》にこうご期待ってとこだろう」

そんなゴシップ満載《まんさい》のお喋りを屋根の上で一時間ほど繰《く》り広《ひろ》げたあと、ようやく彼らの存在を思い出したヒャッカが梯子をつけなおし、彼らは地上に降《お》りたった。

屋根の上での一時間の会話、その最終結論は、レクト君の干物は銅貨《どうか》三枚《まい》というものだった。

どんな過程《かてい》を経《へ》て、そうなったのか。

それを説明《せつめい》することは、きっと誰にもできないだろう。

ケリポット図書館二階　廊下

その日の夜。閉館時間を大幅《おおはば》にすぎた、深夜《しんや》近くの時間帯。

ヒャッカは二階の廊下を歩《ある》いていた。響《ひび》いてくるのは、己《おのれ》のブーツが踏《ふ》み鳴《な》らす規則正《きそくただ》しい

足音と腰に巻《ま》いた鎖《くさり》につけた鍵束《かぎたば》がじゃらじゃら擦《す》れ合《あ》う音《おと》のみ。

図書館の財政悪化《ざいせいあっか》に伴《ともな》い節約《せつやく》のため、早々に消された廊下の封光《ふうこう》ランプ。カートリッジ式で取《と》り換《か》え簡単《かんたん》とはいえ、カートリッジもただではない。よって頼《たよ》りになりそうな光源《こうげん》といえば手にした懐中光灯と窓から差しこむ月明《つきあか》りと街灯のみ。

閉館後の図書館をヒャッカは上から下まで巡回《じゅんかい》し、灯《あか》りの消し忘れがないかチェックしたり、腰にぶら下げた鍵で一つ、一つの扉《とびら》を施錠《せじょう》していく。ときおり閉め忘れられた窓の鍵もきちんと閉じて、夜の図書館を守るために彼女は進む。

本来なら、彼女がもっている図書館の全てを解放《かいほう》する鍵束も、夜の巡回も館長がやるべきことだ。少なくとも、初代館長のポリグロット・ルードワーズは老《お》いた体に鞭打《むちう》ち、ベッドから起き上がれなくなる寸前《すんぜん》まで、この夜の見回りを続けていた。

なのに、職務に関してまったく無関心な新館長が夜の巡回などするはずもなく、時間になると、いつもどこかに姿をくらませてしまう。だから、仕方なく館長の世話係《せわがかり》であるヒャッカに仕事が回《まわ》ってくる。

昼間とは違《ちが》う、静《しず》けさと暗闇に浮《う》かび上がる図書館は薄気味悪《うすきみわる》い雰囲気《ふんいき》が漂《ただよ》う。だが、ここで造られ、育《そだ》ったヒャッカはとくに気にすることなく廊下を歩いていく。

懐中光灯の光で足元《あしもと》を照《て》らし一階《いっかい》の玄関、窓《まど》や扉《とびら》の施錠を確認し、それからカウンター横の鉄の螺旋階段を上り、閲覧室に入ろうとした時。

コトンっという音がした。

音がするということは、そこに誰《だれ》かがいるということだ。だが、この時間帯、ケリポット図書館の職員たちは各々のねぐらに帰っていて誰もいない。

例外《れいがい》は図書館の屋根裏部屋をプライベートルームにして住みついている館長ぐらいだ。

何をやっているのかは知らないが、どうせろくでないことを企んでいるのだろう。

以前も夜の内に閲覧室の蔵書を使って、館内一周《かんないいっしゅう》ドミノをやろうと画策《かくさく》した男だ。今回だって、それと同レベルあるいはそれ以下のバカをやってる可《か》能性《のうせい》が十分ある。

現場を押《お》さえて、言《い》い逃《のが》れできない状況《じょうきょう》で館長を叱《しか》るため、そっと閲覧室の扉《とびら》を開こうとしたヒャッカの背後《はいご》から、

「よお、ヒャッカ。こんなところで何やってるんだ？」

「か、かかか館長」

危《あや》うく大声を出しそうになった口を押さえて、ヒャッカが後ろを振りむく。すると、パジャマ姿で館内をうろつくレクトの姿があった。

「館長、閲覧室にいたんじゃないんですか！」

小声《こごえ》で問《と》いつめるようにヒャッカが言う。

レクトはあっさり首を横にふり、

「うむ、実は閲覧室からここまで瞬間移動で……」

「あんまり戯《ふざ》けたこと言ってると、明日から館長の仕事はトイレ掃除《そうじ》になりますよ。ついでに館長室もトイレです」

ヒャッカの脅《おど》しに、レクトはあっさり白旗《しろはた》を振《ふ》り、

「そいつはちょっと勘弁《かんべん》だな。ほんとは喉《のど》が乾《かわ》いたから水を飲《の》みに降《お》りてきたところだ」

「じゃあ、閲覧室にいるのは誰《だれ》ですか」

それは誰にも答えられない質問《しつもん》だった。

ケリポット図書館　閲覧室

閲覧室にいる人間に気付《きづ》かれぬよう、そっと開かれた扉の隙間《すきま》から中を観察《かんさつ》する。

空色の丸天井に武骨《ぶこつ》な椅子と机。壁に据《す》えられた書架とそこに収められた数々の蔵書。そして、既《すで》に施錠したはずの窓が開《あ》け放《はな》たれていた。

窓が開いているだけなら、ただの閉め忘れだと思ったかもしれない。だが、窓から差し込む微弱な光の中、書架から蔵書を次々と抜きだしていく人間の姿があった。

「あれってまさかレーベン兄弟か？」

レクトの呟きに、一瞬ヒャッカもそうかもしれない、と思った。だが、すぐにその可能性《かのうせい》を否定する。

閲覧室にいるのは一人で、しかもレーベン兄弟よりも背が高い。

「あれがレーベンに見えるなら、館長の目は節穴《ふしあな》です」

「いや、てっきり二人で肩車《かたぐるま》でもして、人間のきぐるみ着てるのかと思ってな」

「気持ち悪いもの想像させないで下さい」

人間のきぐるみ着こんだレーベン兄弟を想像して、思わず顔を顰《しか》めながらも、

「とにかく、あれは泥棒《どろぼう》です！」

ヒャッカは閲覧室の人間の行動から目的をしっかり推察《すいさつ》する。

一見、無造作《むぞうさ》に書架から蔵書を引《ひ》き抜《ぬ》いているようだが、きちんと題名《だいめい》を確認《かくにん》し品定《しなさだ》めを怠《おこた》らない。

書物というのは二足三文のものもあれば、家が一軒軽く建ってしまうほど高値《たかね》で取引《とりひき》されるものもある。もっとも、ケリポットにある蔵書の大半は二足三文の部類《ぶるい》だが。財政《ざいせい》に余裕《よゆう》がないのだから仕方ない。

だが、書物にとっての価値《かち》とは値段《ねだん》ではない。誰かが必要とし、誰かの心を癒《いや》してくれる、そして誰かに希望《きぼう》を与《あた》えてくれる。

そんな書物こそが価値あるものなのだ。

大多数《だいたすう》の人間にとっては価値なきものかもしれない。だが誰かにとっては必要で、宝物《たからもの》になるだろう本を集めよう。

それが初代館長の方針だった。ケリポット図書館にはたった一冊《いっさつ》も無意味《むいみ》な本など存在しない。今は無意味でも、未来には意味あるものになる書物。だから、ケリポットでは全ての書物を宝物のように扱《あつか》い、大切に保管《ほかん》してきた。

それを無造作《むぞうさ》に荒《あ》らし、不必要《ふひつよう》と断定《だんてい》した本を乱雑《らんざつ》に床に投《な》げ捨《す》てる泥棒《どろぼう》の行為《こうい》にヒャッカは怒《いか》りを禁《きん》じえなかった。だから、わざと己《おのれ》に注意をむけるように、大きな音をたて扉を開けて、

「そこにいるのは誰ですか。既に閉館時間は過ぎています。やましいことがないのなら、その場で動かず、両手を上げなさい！」

閲覧室の不法侵入者《ふほうしんにゅうしゃ》を威圧《いあつ》するように睨《にら》みつける。

泥棒は黒装束《くろしょうぞく》に身を包《つつ》み、顔を隠《かく》すように目の部分を除いて黒地の布を巻いていた。布地から覗《のぞ》く蒼《あお》い目がヒャッカをじっと見据《みす》える。

泥棒とヒャッカの間に息《いき》のつまるような緊迫感《きんぱくかん》が漂う。

と、そこにレクトが惚けた口調で、

「でも、動かないで両手を上げろって、どう考えても絶対無理だろ」

これまで積《つ》み上げてきた緊張を全て崩《くず》して台無《だいな》しにするように後ろから口を挟《はさ》んでくる。思わずヒャッカは館長に顔をむけ、

「横からごちゃごちゃ言わないでください。だったら手を上げてから動くなって言えば文句《もんく》な

いでしょ。それと館長はもう喋《しゃべ》らないでください。わかりましたね！」

「いや、でもな……」

「喋るなって言ってるでしょ！」

「でも、逃げてるぞ」

「へっ……」

レクトの声に促《うなが》され、ヒャッカが泥棒《どろぼう》に視線《しせん》を戻《もど》す。既《すで》に泥棒は背《せ》をむけ、閲覧室の窓際《まどぎわ》へと走っていくところだった。

「なんで、そういう大事なことを、もっと早く言わないんです」

「いや、ヒャッカが黙《だま》ってろって」

「こういう時はいいんです。それより、そこの待ちなさい！」

開け放たれた窓にむかって駆《か》けていく泥棒を追いかけ、ヒャッカが走りだす。すると泥棒はくるりとふりむき、腕《うで》を勢《いきお》いよく振《ふ》り抜《ぬ》いた。

次の瞬間、後ろからきたレクトがヒャッカのジャケットを思いきりひっぱり、彼女を後ろに転がし倒《たお》す。

「何すんですか！　せっかく泥棒を捕《つか》まえるチャンスだったのに！」

後ろからの不意打ちに尻《しり》もちをついたままヒャッカが怒《ど》鳴《な》る。だがそれを鎮《しず》めるようにレクトは普段《ふだん》とは違《ちが》う落ちついた声で、

「落ちついて、足元《あしもと》見てみろ」

「足元がなんだって……これって」

転んだヒャッカの手前《てまえ》には鉄串《てつぐし》のような武器が二本、床に深々と刺《さ》さっていた。もし、あのまま進んでいたら、突き刺さっていたのは床ではなくヒャッカの足だっただろう。

「あ、危ないじゃないですか、怪我《けが》したらどうするつもりです！」

走《はし》り去《さ》る泥棒にヒャッカが非難《ひなん》の言葉を浴《あ》びせる。すると、泥棒は足を止め、くるりと振り向き、告《つ》げる。

「それは私がマスターから仰《おお》せつかった崇高《すうこう》な職務《しょくむ》を邪魔《じゃま》した報《むく》いなのです。怪我がなかったことを幸運《こううん》と思い、感謝《かんしゃ》するがいいのです」

顔を覆《おお》った布地のせいで幾分《いくぶん》くぐもってはいたが、たしかに女性の声だった。さらに観察してみれば、服のラインもふくよかな曲線《きょくせん》を描《えが》いている。そして、彼女は胸に手をあて、腰《こし》を折《お》り、優雅《ゆうが》に一礼《いちれい》してみせる。

泥棒にはそぐわない、その挙動《きょどう》にヒャッカは一瞬呆気《あっけ》にとられる。

その隙《すき》をつき、侵入者は開け放たれた窓にあらかじめ結《ゆわ》えつけていたロープを伝って、地面へと滑《すべ》り落ちていった。

壁際の床に散乱《さんらん》する蔵書に、床に突き刺さった短剣、女性の泥棒。

状況を整理できずにヒャッカが立ち尽くしていると、傍らにいたレクトが真面目《まじめ》な顔で何かを考えこんでいた。

「館長、どうかしたんですか？」

「いや、素顔《すがお》こそ見れなくて残念だったが、あれはかなりの美人だぞ。今度会ったら、せめて名前ぐらいは聞きだすべきだと思ってな」

レクトが館長失格の駄目発言を堂々《どうどう》と言い放った、次の瞬間――

「このろくでなしの女ったらし、少しは真面目に図書館のことも考えろ！」

開け放たれた窓から、今度はロープなしでレクトは地面に舞《ま》い落《お》ちた。

セントラル・エッジ・ストリート

翌日、ケリポット図書館の開館時間。

正面玄関《しょうめんげんかん》のノブにかけられた『閉館』の札《ふだ》を裏返《うらがえ》し、『開館』にするために外にでたヒャッカは路上《ろじょう》に見慣《みな》れた物体《ぶったい》を二つほど発見し、

「……また来たんですか」

玄関前の路上で踊《おど》る二人組にあからさまに迷惑《めいわく》そうな顔をする。

昨日、頭から石畳に突っこんだはずなのに、まったくどこにも傷がなく、ゴキブリ並みの生命力で復活《ふっかつ》を果《は》たしたレーベン兄弟。ちなみに、今日の彼らはウマのきぐるみを着こんでいた。

今日も今日とてステップ踏《ふ》んで、くるくる廻りダンスを披露《ひろう》する、きぐるみ兄弟。しかも蹄《ひづめ》部分に鉄でも仕こんでいるのかステップ踏むたび、カッカッカッカッやかましい。

玄関からヒャッカが現れたのに気付くと、待ちわびたように顔をむけて、

「「ははは、我らはベトノワールのために、今日も馬車馬のように働くレーベン兄弟。ベトノワールの査定《さてい》が近いことなど関係ないぞ。もっとも必死に働く我らの姿に感動《かんどう》、感激《かんげき》、爆裂《ばくれつ》し、給料《きゆうりよう》アップは既《すで》に決定したも当然だがな」」

ハモって笑って、首から下は別物《べつもの》みたいに踊りつつ、ついでに本音《ほんね》もぽろぽろ洩《も》らす。

どうでもいいが、もしも自分がベトノワールの人事関係者《じんじかんけいしや》なら、まず真《ま》っ先《さき》にこの兄弟を首にする。どうして、彼らが首にならないのか不思議《ふしぎ》なくらいだ。

とりあえず踊る彼らに狙《ねら》いを定《さだ》めて、両手を掲《かか》げ、

「風の章——第四の神畏・伝承にありしは荒《あら》ぶれる風の王・その拳をもちて愚者《ぐしや》を撃《う》ちぬかん！」

警告《けいこく》もなしに問答無用《もんどうむよう》で魔術の詠唱《えいしよう》。そして烈風《れつぷう》とともに現れた、巨大な体躯《たいく》を金属鎧《きんぞくよろい》で覆《おお》い尽《つ》くした風の王。

それは暴君そのままに微塵《みじん》の容赦《ようしや》もなくウマ二匹を打ちのめす。

「「のわ————！」」

悲鳴を上げて、昨日と同じく空高《そらたか》くに吹き飛ぶレーベン兄弟。

「ただでさえ昨日は泥棒が忍《しの》び込んで、その後始末《あとしまつ》で大変《たいへん》なんです。あなた方と遊んでいる暇《ひま》などありません」

昨日の深夜の泥棒騒ぎで荒《あ》らされた閲覧室。紛失《ふんしつ》した蔵書がないかチェックして、分類別《ぶんるいべつ》に書架に戻《もど》し、さらに損傷《そんしょう》している蔵書があれば整理部門に修繕《しゅうぜん》に廻す手続きもとらねばならない。しかも泥棒騒ぎがあったことも、とある事情で自警団《じけいだん》や国家権力《こっかけんりょく》には報告《ほうこく》できないし、頼《たよ》れない。

それにマガイモノだらけの図書館が被害届《ひがいとどけ》を出しても、自警団がまともに取り合ってくれはしない。あれは人間を守るための組織であり、マガイモノを守るための組織ではない。以前、似たような泥棒騒ぎがあった時、あからさまにそう言われたことがヒャッカの心に小さな刺《とげ》となって残っている。

自分たちのことは自分たちでやるしかない。

それなのに本来、陣頭指揮《じんとうしき》をとるべきレクトは頼りにならず、職員《しょくいん》は当たり前みたいに世話係のヒャッカに館長の仕事を廻してくる。

はっきり言って、きぐるみバカに付き合ってる時間はまったくない。

そういうわけで、出会《であ》い頭《がしら》に吹き飛ばされたレーベン兄弟が放物線《ほうぶつせん》を描《えが》いて落下《らっか》していく。

だがしかし、レーベン兄弟は地面には激突《げきとつ》しなかった。ただ、石畳に突っこんだ方がまだマシだったかもしれない。

交通の便が悪く、殆ど馬車など通らないセントラル・エッジ・ストリート。だが、その例外がストリートを疾走《しっそう》してきて、垂直落下のレーベン兄弟を狙《ねら》ったみたいに激突した。

乗り合い馬車ギルドの正式メンバーであることを示す、登録番号の刻《きざ》まれたプレートを御者《ぎょしゃ》台《だい》の横に貼《は》りつけた四頭たて天蓋付《てんがいつ》きの辻馬車《つじばしゃ》。

弾力《だんりょく》ある布地で覆われた天蓋に衝突した兄弟は、バウンドして地面に転がり落ちて、馬群の狭間《はざま》に滑り落ちた。

四頭の馬、十六の蹄に思う存分《ぞんぶん》踏まれまくり、最後は車輪《しゃりん》の下敷《したじ》きになって、潰《つぶ》れた蛙《かえる》みたいな声を上げた。

ウマのきぐるみに馬の蹄と車輪《しゃりん》の跡《あと》をスタンプみたいにべたべたつけた兄弟は、ぴくぴく痙《けい》攣《れん》していたが、残念ながら命に別状《べつじょう》はなさそうだ。どうせ、二〇分もしたら何事《なにごと》もなかったかのように復活するだろう。

これまでもヒャッカは、どうやったらレーベン兄弟が図書館にこなくなるか様々な思考錯誤《しこうさくご》を繰り返していた。簀巻《すま》きにして河《かわ》に捨《す》てたり、下水《げすい》に不法投棄《ふほうとうき》したり、動物園の肉食獣《にくしょくじゅう》の檻《おり》に投《な》げ捨《す》てたりもしてきたが、何をやっても数日後には平然《へいぜん》とした顔で戻《もど》ってきては、きぐるみ着こんで踊《おど》りだす。

そんな彼らにとって馬車との正面事故《しょうめんじこ》など、道端《みちばた》で小石《こいし》につまずいたぐらいのアクシデントにすぎないだろう。

バカは死なねば直らない。しかし死なないバカはずっとバカのままなのだ。

ともかくレーベン兄弟と衝突した馬車は、ケリポット図書館の正面玄関前——ヒャッカのすぐ手前で緩《ゆる》やかに速度を落とし、停止《ていし》した。

いななく馬、無言で手綱《たづな》をもつ御者台に座る老人、ギルドの登録番号一〇〇四九一が刻まれたプレート、そしてこの馬車の座席に座っていた一人の女性。

穏《おだ》やかに整《ととの》った造形《ぞうけい》の顔だちに、細《ほそ》い金糸《きんし》を束《たば》ねたような輝《かがや》く金髪、すらりとした肢体《したい》。花《はな》飾《かざ》りのついた帽子《ぼうし》を被《かぶ》り、白を基調《きちょう》とした服装に身を包《つつ》んだ彼女は、優雅《ゆうが》な仕草《しぐさ》で座席から立ち上がる。

おそらくどこぞの貴族の令嬢《れいじょう》だろう、とヒャッカは推察した。そして馬車から降りようとしている女性を眺《なが》めていると、

「あっ、どーもこんにちはです」

纏《まと》った服や雰囲気《ふんいき》にそぐわない、人懐《ひとなつ》っこい笑顔で彼女は気軽《きがる》に声をかけてきて——次の瞬《しゅん》間《かん》、タラップから見事《みごと》に足を滑《すべ》らせて、ズル、ベタ、ドチャと石畳《いしだたみ》に転《ころ》がり落ちた。

それを見て、ヒャッカは彼女に抱いていた印象《いんしょう》を修正《しゅうせい》することを余儀《よぎ》なくされた。

ケリポット図書館　閲覧室

空色《そらいろ》の丸天井《まるてんじょう》の閲覧室《えつらんしつ》。壁際《かべぎわ》の書架《しょか》にはずらりと蔵書《ぞうしょ》が整列《せいれつ》している。そして、部屋のなかほどにある机を挟《はさ》んで、ヒャッカと先ほどの女性が椅子《いす》に座っていた。

路上《ろじょう》で転んで、埃《ほこり》がついた服を払《はら》いもしないで汚《よご》したまま、物珍《ものめずら》しげにきょろきょろと閲覧室を物色《ぶっしょく》していた彼女——クラックス・レティは、机の対面《たいめん》に座るヒャッカに目を合わせ、物《もの》怖《お》じしない口調《くちょう》で、

「今日って休館日《きゅうかんび》なんですか？」

「いえ、そういうわけではありません」

「でも、人が全然いないです。あっ、もしかして、すっごく人気のない図書館で、誰も利用する人がいないとか」

心の中で思っても、決して口にしてはいけないことをレティはずけずけと言葉にする。

ヒャッカの長い髪《かみ》に隠《かく》れた、尖《とが》った耳が一瞬《いっしゅん》不機嫌《ふきげん》そうに震《ふる》えたが、

「……ええ、そうです。ケリポットの現在の会員数は三一人、当館《とうかん》を訪《おとず》れて利用する人はさほど多くありません」

理性《りせい》で感情《かんじょう》を押《お》し潰《つぶ》し、営業用の笑顔でもって答えてみせた。

もし、彼女と同じことをレーベン兄弟あたりが言ったとしたら、一週間は病院のベッドで流動食の生活になっていただろう。

目の前の彼女とレーベン兄弟への対応の違い。その原因は、机に置かれた一枚の紙切れにあった。

経費削減《けいひさくげん》のあおりをうけて、粗《あら》い安紙に印刷された会員申し込み用紙《ようし》。クラックス・レティはこの用紙にサインする可能性《かのうせい》のある人間だ。

砂漠《さばく》での水より貴重《きちょう》な会員希望者、それを自分の衝動的《しょうどうてき》な行動で追いだすことは絶対にできない。館長やレーベン兄弟を相手にするよりはまだマシだ。

深呼吸《しんこきゅう》を一つし、ヒャッカは心を落ち着かせ、

「ところで、クラックスさんは……」

「あっ、レティでいいです。そっちの方が馴染《なじ》みがあるし、気に入ってるんです」

「わかりました。では、レティさん。あなたはケリポット図書館の会員になることを希望しているんですね」

「当たり前じゃないですか。そうじゃなきゃ、わざわざこんなぼろい図書館までやってきませんよ」

明るく笑ってレティが言う。どうやら彼女という人間は、無自覚《むじかく》に口が悪いらしい。

机の上で絡《から》めた両手の指に力をこめて、ヒャッカは口元を引き攣《つ》らせる。

「あれ、どうかしましたか？　なんか顔が変ですよ」

不思議そうに問いかけてくる元凶《げんきょう》にヒャッカは綻《ほころ》びかけた笑みをむけて、

「いえ、お気になさらず。ところであなたは当館について、どの程度《ていど》の知識《ちしき》をお持ちですか？」

これは、とても重要《じゅうよう》なことだ。

グーデリア市には幾《いく》つもの図書館がある。

グーデリア大学図書館、星法院《せいほういん》図書館、パテラント教団《きょうだん》の聖典《せいてん》図書館、ベトノワール図書館、そしてケリポット図書館。

その中でもケリポットは最小規模《さいしょうきぼ》の図書館だ。

グーデリア大学図書館のように、世界各地から送られてくる最新《さいしん》の研究資料《けんきゅうしりょう》があるわけではない。

ツトラウト最高裁判所《さいこうさいばんしょ》に隣接《りんせつ》する星法院図書館は、古今東西《ここんとうざい》の法律書《ほうりつしょ》、判決事例集《はんけつじれいしゅう》、憲法書《けんぽうしょ》簡《かん》が保管《ほかん》されている。だがもちろんそれらもない。

聖典図書館のように、修道士《しゅうどうし》が神に祈りを捧《ささ》げながら写本《しゃほん》した荘厳《そうごん》な聖書や時禱書《じとうしょ》も存在しない。

ベトノワール図書館のように、豊富《ほうふ》な資金《しきん》で新刊本をその日のうちに何十冊も揃《そろ》えることもできはしない。

ケリポット図書館にあるのは、無名の蔵書と古びた物語たち。必要とする者など殆《ほとん》どいない、他の図書館では取り扱わないような類《たぐい》のものばかりだ。しかも、会員数たった三〇人弱の貧乏弱小図書館。

そして悪評《あくひょう》。

マガイモノという、人の紛《まが》いモノたちの図書館。人間の中にはマガイモノというだけで公然《こうぜん》と差《さ》別《べつ》する者も数多くいる。

曰《いわ》く、グーデリアの壊《こわ》れたマガイモノが最後に辿《たど》りつくガラクタ置き場。

曰く、市の政策《せいさく》の失敗作。

曰く、異端者《いたんしゃ》たちの楽園――社会不適合者《しゃかいふてきごうしゃ》たちの巣窟《そうくつ》。

真実《しんじつ》と偽《いつわ》りが綯《な》い交《ま》ぜになった噂《うわさ》が真《まこと》しやかにグーデリアに蔓延《はびこ》っていた。

そんな噂が纏《まと》わりつく図書館、マトモな人間が会員になりたいと思うはずがない。それでも会員になろうとするのはシモンズのように事情がある者か、何も知らない者、あるいは噂などまったく頓着《とんちゃく》しない変り者ぐらいのものだ。

「この図書館ってマガイモノばっかりで、人間なんか館長さんが一人しかいないんですよね」

どうやらレティは事情を知っていて、それでも会員希望の変り者のようだ。

「でも、どうしてマガイモノばっかりなんですか？」

これまで図書館を訪れた人間たちが、決まって口にする質問《しつもん》。だからヒャッカもいつもと同じ答えを返した。

「前館長《ぜんかんちょう》の方針《ほうしん》です」

「ポリグロット・ルードワーズ、青紫の魔術師《まじゅつし》。ケリポット図書館を造った人ですね」

「はい、そうです」

ヒャッカは頷《うなず》き、そして二か月前に亡くなった初代館長にしばし想いを馳《は》せる。

柔《やわ》らかい青紫の瞳をもった、穏《おだ》やかな面持ちの老魔術師。図書館の設立者《せつりつしゃ》であり、初代館長でもあった人間。

そんな老魔術師がよく口にしていた言葉があった。

「私はこのひび割れた殻《から》に楽園を望む。神はいらない、人もいらない、ただ人でなきモノたちが集《つど》い、憩《いこ》える楽園を。いうなれば異端者達の楽園というやつだ」

メルクルト語で『ひび割れた殻』を意味するケリポット。そして、異端者とはマガイモノ——精霊、ゴーレム、ホムンクルスなど——人の姿を持ちながら人でなきモノたち、そして人でありながら、その枠組《わくぐみ》から弾《はじ》かれた者たち。

いつしか館長の言葉は、どこからともなくグーデリアに広がり『異端者達の楽園』の異名《いみょう》で語られるようになっていった。

人でなきモノにとっては救済《きゅうさい》の場として。また同時に異端でなきモノ——ただの人間として生きる者たち、マガイモノを人間以下とみなし差別する者たちには、理解できない理念《りねん》と思想《しそう》の構築物《こうちくぶつ》、畏怖《いふ》、恐怖《きょうふ》、敵意《てきい》の対象《たいしょう》として。

マガイモノだらけの図書館をよく思わない者による中傷《ちゅうしょう》、誹謗《ひぼう》もあった。

そんな外野《がいや》の反応など笑い飛ばし、ある時、ポリグロット・ルードワーズは言った。

「無知《むち》な者には好きにさせるがいい。彼らは何もわかっていないのだから」

楽しそうに、そして誇《ほこ》らしげに古ぼけた図書館を見上げ、

「この図書館は初源《しょげん》の殻だ。この殻に私はすべての可能性を押しこんだ。楽園への道標《みちしるべ》。叡智《えいち》の泉、破滅《はめつ》への序章《じょしょう》さえ。故《ゆえ》にこの図書館は何物にもなりうる可能性を秘《ひ》めている。これが何物であったかは、殻が割れた時にわかるだろう」

そして最後に老魔術師はこう告げた。

「ひび割れた殻よ。願わくば、世界の祝福《しゅくふく》があらんことを」

もっとも老魔術師は図書館の殻が割れるのを見届《みとど》けることなく、この世を去った。そして、殻が何を意味しているか誰にも告げず、図書館とマガイモノの職員《しょくいん》たちが残された。

ただ初代館長がケリポット図書館とマガイモノの職員たちをとても大事に思っていたのはたしかだ。彼は人とマガイモノの隔《へだ》たりなど関係なく、優《やさ》しく接してくれた。

小さくて、貧乏な図書館。でも、職員がみな家族のような暖《あたた》かい雰囲気があった。

二〇年間、館長としての職務《しょくむ》を果《は》たした後、病床《びょうしょう》のベッドに横たわった老魔術師と交わした約束。

ケリポット図書館は館長亡き後も絶対に潰《つぶ》させない。そして、ずっとずっとみんなと一緒《いっしょ》に……。

しばし今の状況を忘れ、ヒャッカが物思いに耽《ふけ》っていると、

「あの〜〜〜、これ書き終えましたけど、次は何すればいいですか？」

レティの声が、彼女を現実へと引き戻した。

こちらにむかって差し出された必要事項《ひつようじこう》の記載《きさい》された申し込み用紙。それに素早《すばや》くヒャッカは目を通し、不備《ふび》がないか確認《かくにん》する。

細々《こまごま》とした個人情報《こじんじょうほう》の羅列《られつ》と、ケリポット図書館の規則《きそく》を守り、会員になる意志があるという文面。その契約《けいやく》の全てに同意《どうい》するという署名《しょめい》がなされていた。

まったくもって完璧《かんぺき》だった。性格的にはいささか問題がありそうな女性だが、そんなの他の会員と比較《ひかく》すれば大したことない。

初代館長の旧友《きゅうゆう》でグーデリア大学で教鞭《きょうべん》をとる、飲んだくれの教授やキャンプ装備《そうび》を背中《せなか》に担《かつ》いで、三日ぐらい書庫《しょこ》にこもるインテリ探検家《たんけんか》、どこであろうとお構《かま》いなしに古典劇《こてんげき》の脚本《きゃくほん》を大声で朗読《ろうどく》する大根役者《だいこんやくしゃ》などなど、ケリポットの会員はろくでもない人間ばっかりだ。

「はい、結構《けっこう》です」

申し込み事項《じこう》に問題のないことを確認したヒャッカは、

「あとは入会金と年間費の銀貨五枚を納《おさ》めてもらえば、あなたはケリポット図書館の正式な会員です」

「古い本ばっかりなのに、銀貨五枚ってけっこう高いですね」

閲覧室の蔵書群《ぞうしょぐん》を眺《なが》めながら、レティがずけずけ本音を口にする。

ヒャッカはこほんと咳払《せきばら》いをして自分を落ちつかせると、

「そんなことはありません。比較対象としてイーストタウンにあるベトノワール図書館をあげれば、あそこは年間費だけでも銀貨十枚を要求します。また、グーデリア大学図書館は大学関係者や学者、星法院図書館は弁護士や判事、裁判官、聖典図書館は聖職者のみに閲覧資格があり、他の人間が閲覧を許可されるには、それ相応《そうおう》の人物の紹介状《しょうかいじょう》が必要となります」

「へ～～～、そうなんですか」

感心したようにレティはふむふむ、と首を動かし、

「そういえば、ケリポットの今の館長さんってレクト・ルードワーズって人ですよね。もしかして、前の館長さんの親類《しんるい》なんですか？」

「いえ、違《ちが》います」

「でも、苗字《みょうじ》が一緒ですよね。なんか理由でもあるんですか？」

「ええ、まあ、それなりに……」

ヒャッカは曖昧《あいまい》に言葉を濁《にご》す。二人の館長が同じ苗字をもつ理由は明確《めいかく》に存在する。だが、それをあからさまにできない理由もまた存在していた。

ただ一つ、ハッキリしているのはレクト・ルードワーズという人間は、この世界にいない。

ただ、その名を便宜上《べんぎじょう》、使っている人間がいるというだけだ。

空に浮かぶ雲のようにふらふらと、摑みどころがなく、そして世界の全てを記憶《きおく》できる青紫の目をもつ、謎《なぞ》の男。

それがレクト・ルードワーズという人間。彼もまた人間の社会から弾きだされた異端者だ。

「それにしても、レティさんは随分《ずいぶん》と当館の内情《ないじょう》に詳しいですね」

マガイモノの図書館ということはグーデリアでは有名だが、二月前《ふたつき》に館長になったばかりのレクトの名前まで知っているとは思わなかった。

「そうですか。これぐらいの事前調査《じぜんちょうさ》は常識《じょうしき》なのです」

「そうですか？」

「はい、そーですよ」

レティが自信たっぷりに断言《だんげん》する。きっと、それが彼女の常識なのだろう。

「ところで館長さんは、こないんですか。こういう時って館長さんの面接《めんせつ》とかあると思ったんですけど」

ヒャッカとレティ——一体と一人、彼女らだけでは広すぎる閲覧室をぐるりと見渡《みわた》しながら、レティが尋《たず》ねる。

「あ——、館長は今、どうしても手の離せない仕事がありまして」

言葉を濁してヒャッカが言う。だが、これは嘘《うそ》だ。

本来《ほんらい》、会員希望者の申し込みの場には必ず館長が立ち会う。それはマガイモノだらけのケリポット図書館に、悪意《あくい》をもって忍び込もうとする人間もいるからだ。

例えば、ベトノワールのレーベン兄弟。彼らをもし会員になどしたらきぐるみ着こんで図書館にやってきて、館内で一日中踊られかねない。

そういう不逞《ふてい》の輩《やから》を見抜き、排除《はいじょ》する権限《けんげん》をもって、館長は申し込みの場に同席《どうせき》する。少なくとも初代館長はそうしていた。

なのに、この場に館長がいない理由、それはとても単純《たんじゅん》だ。

レクトが軽薄《けいはく》な女ったらしで、レティが妙齢《みょうれい》の、それもかなり綺麗《きれい》な女性だからだ。

もし、館長がこの場にいたら、会員の申し込みなどそっちのけで絶対にレティを口説《くど》く。

結果、せっかくの会員希望者を逃がしたりしたら最悪《さいあく》だ。だから、館長はこの場にいないし、呼びにいくつもりもない。

それにろくでなしの館長のことだから、どうせ今も仕事をサボって昼寝《ひるね》でもしているだろう。

今だけは館長が仕事をサボっていても許せる気分《きぶん》だ。

そんなことをヒャッカが思っていると、閲覧室の扉《とびら》が開き、

「よお、ヒャッカ。それに、そっちのお嬢《じょう》さんもこんにちはだな」

今、この場所に最もいてほしくない人物が惚《とぼ》けた笑みを浮かべて、やってきた。

ヒャッカは感情を噛み殺した平坦《へいたん》な声で、

「……館長、もしかしてわざとですか？」

「何がだ？」

戯《ふざ》けたように訊《き》き返してくるレクト。必要な時は絶対に姿を現さないくせに、必要ない、というよりも居てほしくない時に限って、狙《ねら》ったように登場する厄介者《やっかいもの》。

無駄《むだ》に殺意《さつい》が芽《め》生《ば》えてくるのが抑《おさ》えきれない。

「で、館長は何しに来たんですか？　今は会員希望の方と面接の最中ですので、用がないのなら立ち去って下さい」

レティにちょっかい出したら、あとで酷《ひど》い目にあわせます、とヒャッカはじろりと睨《にら》んで目で脅《おど》す。

がレクトは平然《へいぜん》とした顔で、

「用ならあるぞ。せっかく女性の会員希望者が来たっていうから、一目見ようと思ってな」

「館長、あとで話があります」

レティにむかって、へらっと笑いかける館長にヒャッカが冷たい声でそう言った。もっとも

話だけで済《す》ませるつもりはまったくないが。

　それでもレクトはお構《かま》いなしに、

「お嬢さん、この図書館の館長のレクト・ルードワーズだ。とりあえず、お年よりから赤ん坊まで全ての女性の味方とでも覚えておいてくれると嬉しいぞ」

「面白そうな人ですね。初めまして、私はクラックス・レティともうします」

　ほんわりと微笑《ほほえ》みながらレティが自己紹介《じこしようかい》をしてみせる。

　そんな彼女の手をとって、レクトはそっと囁《ささや》くように、

「レティか、いい名前だな。困ったことがあったらプライベートでも相談に乗るぞ」

「館長、初対面《しよたいめん》の女性に失礼です」

　レクトの過剰《かじよう》なスキンシップにヒャッカが不機嫌そうに警告《けいこく》する。するとレクトは面白そうににたりと笑って、

「そんなことないぞ。彼女と会うのはこれで二度目だ。ヒャッカも一緒に会ってるぞ」

「いつのことですか。デタラメばっかり言わないでください」

　またいつもの嘘だと思って、ヒャッカが呆《あき》れたように顔を顰《しか》める。だが、レクトの次の言葉で彼女の顔が凍《こお》りつく。

「昨日の夜にこの場所で」

　一度見たモノは決して忘れない青紫の瞳をもつ男が力強《ちからづよ》く断言《だんげん》する。

「まさか、彼女が」

昨日の夜の閲覧室、思い当たるのは黒装束《くろしょうぞく》の泥棒《どろぼう》。たしかに、あれも女性だった。

それでもまだ信じられないというふうに、レティに視線《しせん》を移《うつ》せば、

「あ〰〰〰、ばれちゃいましたか。せっかく、会員になって油断《ゆだん》させようと思ったのに」

あっさり開き直って、彼女は暢気《のんき》に笑ってみせた。そして、レクトの手を捻《ねじ》るようにして振《ふ》り払い、距離《きょり》をとる。

それを見て、ヒャッカが警戒《けいかい》するように身構《みがま》える。昨夜《さくや》のように、また短剣《たんけん》が投げられないとも限らない。

だがレティは自然体のまま、ゆったりとした姿勢《しせい》で、

「そんなに警戒《けいかい》しないでもいいですよ。私はただ赤い童話《どうわ》を貰《もら》いにきただけなんですから」

「DDDのことですか？」

赤茶《あかちゃ》けた布地《ぬのじ》の装丁《そうてい》の古ぼけた本、その題名《だいめい》をヒャッカが言う。

「はい、そうなのです」

「だったら、お断りします。あれは大事な預かりモノですから」

ヒャッカの拒絶《きょぜつ》。すると、レティは微笑みながら、

「赤い童話の本当の意味も知らないあなたは、きっととても幸せです」

「それはどういう意味ですか？」

ヒャッカが一歩、足を前に踏《ふ》みだし、問い詰《つ》めようとする。だが、それよりも早くレティは閲覧室の窓際《まどぎわ》に走りより、

「さあ、どういう意味でしょう？」

揶揄《からか》うようにそう言って、勢いをつけて窓ガラスを突き破り、そのまま二階から飛び降りた。そして玄関前に待機《たいき》していた馬車《ばしゃ》の天蓋《てんがい》にしがみつき、そのまま馬車は何処《いずこ》へかと走り去った。

DDD――赤い童話の謎を残したままに。

第三章　ひび割《ケリ》れた殻《ポット》と二人の館長

ケリポット図書館　閲覧室《えつらんしつ》

「活字《かつじ》印刷本《いんさつぼん》、二つ折判の全四四四ページ。一ページの行数は四二行、ただし七ページごとに四三行のものが変則的《へんそくてき》に折りこまれておりますな。内容としては、七つの民話、逸話《いつわ》などを収録《しゅうろく》した童話集《どうわしゅう》。編者《へんじゃ》は奥付《おくづけ》にある署名《しょめい》から推察《すいさつ》するにサーペント・D・スペンサー。さらに……」

空色の丸天井《まるてんじょう》をもつ閲覧室。一昔前のデザインの細長い飾《かざ》り窓から太陽の光が差しこみ、武《ぶ》骨《こつ》な机と椅子《いす》が整列《せいれつ》し、壁際の書架《しょか》には分類《ぶんるい》ラベルの貼《は》られた蔵書がずらりと収まっている。

そして、閲覧室の中央近くの長机に置かれた一冊の童話集。この部屋の主であるかのように古ぼけ、赤茶けた装丁《そうてい》を晒《さら》し、ほのかに薄紫《うすむらさき》めいたページを紐解《ひもと》かれている、その書物の名はＤＤＤ。

その本を貴重《きちょう》な骨董品《こっとうひん》でも鑑定《かんてい》する古物商のような目で眺《なが》めていたのは、ケリポット図書館のカウンター主任——コンラッドだった。

厳《いか》つい顔と体格《たいかく》の老人。マガイモノのゴーレムである彼は、これまで長年の時を過ごしてきたことを示すように、体のそこかしこにガタがきている。

右頬《みぎほお》には切傷のようなひび割れ、首には補強用《ほきょうよう》ギブス、右腕《みぎうで》はなく白手袋《しろてぶくろ》をした手だけが魔力《まりょく》でふわふわと浮いている。しかし、図書館設立当初からカウンターの主として活動している彼の図書知識はケリポット一だ。

そんなコンラッドが宙に浮いた右手でＤＤＤのページを捲《めく》り、

「使用されている紙は、皮紙《かわがみ》の王者とも称《しょう》される仔牛皮紙《こうしがわし》、それをてつぼら貝から採取《さいしゅ》した帯紫紅色の染料《せんりょう》で薄紫に染め抜いたパープル・ヴェラム。これだけの量の皮紙を製造するには何百匹もの仔牛が犠牲《ぎせい》になったことでしょう」

そして、それに正比例《せいひれい》しただろう仔牛皮紙の費用《ひよう》を想像《そうぞう》し、彼は嘆息《たんそく》する。再びＤＤＤに視線《しせん》を落とし、

「この優雅《ゆうが》な丸みを帯び、均整《きんせい》のとれた活字《かつじ》は名匠《めいしょう》クロード・ガフモンによるマルクト活字体に酷似《こくじ》しております——断言《だんげん》はできませんが、この精巧《せいこう》な活字は彼本人、あるいはその直系《ちょっけい》の弟子による作品ですな。さらに装丁には印刷所はツトラウトで最も初期に活字印刷を開始した黄金《おうごん》の葡萄亭《ぶどうてい》の金印《きんいん》……」

聖典を唱《とな》える祭司《さいし》のようにＤＤＤについて羅列《られつ》していくコンラッド。鉱物《こうぶつ》でできた巨体《きょたい》ゆえ

に座《すわ》れる椅子《いす》もなく、長机の傍《かたわ》らで姿勢正しく立っている。

そんな老人の話を聞くのは、椅子に座った三人の男女。

趣味《しゅみ》の悪いサングラスをかけた男に、橙《だいだい》の旗袍《チーパオ》を纏《まと》った少女、そしてふわふわのエプロンドレスの幼女《ようじょ》——ケリポット図書館の館長に、その世話係、整理部門の主任司書という組み合わせだ。それぞれに異なった態度《たいど》でコンラッドの話を聞いていた。

レクトはあからさまに退屈そうに火のついていない煙草《たばこ》を咥《くわ》えて、ヒャッカは時折頷《ときおりうなず》きながら真面目《まじめ》な顔、リーフはふわっと欠伸《あくび》をして蒼《あお》い目をこすって眠そうに。

「……装丁の革や綴《と》じ紐《ひも》、インクの材質や状態などから逆算《ぎゃくさん》して製作年代はおよそ一五〇年前、印刷揺籃期《ようらんき》のものでしょう。これ一冊の製作費用で、イーストタウンの高級住宅街に家が建ちますすな」

「つまりあれだ——」

これまで黙っていたレクトが煙草を咥えたまま器用に口を開き、

「こいつは高く売り飛ばせるな」

「売るな、このろくでなし！」

ヒャッカが立ちあがり、DDDを本気で売り飛ばしかねない館長を椅子ごと蹴《け》り飛《と》ばし、

「まったく、そういう話じゃないでしょう！」

息も荒《あら》く、ヒャッカは言う。そこに頭から床《ゆか》に落下して、けっこうヤバげな角度に首が曲が

ったレクトがぼそっと囁《ささや》くように、

「だけど、これ売ったら新しい本が一〇〇冊ぐらい買えるんじゃないのか」

「うっ、それはそうかもしれませんが……」

悪魔《あくま》の誘惑《ゆうわく》、たしかに貧乏図書館のケリポットは新書を購入《こうにゅう》する財源《ざいげん》にも事欠いている。自分だって、コンラッドの家が一軒建つという台詞《せりふ》に、一瞬、同じようなことを考えてしまった。だけど、考えただけだ。

言葉にしてないし、それを実行に移そうともしなかった。なのに、それを見透《みす》かしたように丸レンズのサングラスの悪魔がにたりと笑う。

さらに横からコンラッドが独り言のような口調《くちょう》で、

「私の知り合いに初期印刷本を専門に収集《しゅうしゅう》している蔵書家がおりまして、うまく交渉《こうしょう》すればそれ以上の金額になりますな。それと編物関係で一つ、前々から目をつけていた本があったのですが」

「じゃあ、おやつの色鉛筆もたくさん買えるね。金とか銀とかも欲《ほ》しいな」

さっきまで眠そうだったリーフまで目を輝かせて、そんなことを言う。

どうやら味方はどこにもいないらしい。三方から何かを訴えるような無言《むごん》の重圧《じゅうあつ》、気まずい雰囲気《ふんいき》にヒャッカが口《くち》ごもっていると、

「じゃあ、そういうことで――」

寝違《ねちが》えたみたいに右に首を傾《かたむ》けたままレクトがひょいっと立ちあがり、DDDに手を伸ばす。

懲《こ》りないレクトをまたヒャッカは蹴《け》って、床に叩《たた》きのめし、

「おっ、首が戻った」

二度目の蹴りで首の角度が元に戻ったらしい館長を無視《むし》して、まだ未練《みれん》がましい目でDDDを見ている残り二人に視線を移す。そして、きっぱり断言する。

「とにかく、この本は売りません」

「え〜〜〜、売らないの」

「それは残念ですな」

「残念ですが、残念じゃありません」

ヒャッカはぽろりと本音を零《こぼ》しながらも、

「第一これはシモンズさんからの預かり物で、売るとか、売らないとかそういう話じゃなかったはずです」

そう、そういう話では断じてなかった。

DDD——この赤茶けて、古ぼけた本を狙《ねら》う者がいる。その原因を探るためにコンラッドに鑑定《かんてい》して貰《もら》ったのだ。

もし盗《ぬす》まれでもすれば、シモンズが会員になる約束まで白紙に戻りかねない。一年で一〇〇人の会員を集めなければ廃館《はいかん》になってしまうケリポット図書館、この状況で必要なのは蔵書

ではなく会員だ。

自分にそう言い聞かせつつ、

「で、結局、この本はなんなんですか？」

単刀直入にヒャッカが質問する。

コンラッドは右頬の傷を引き攣《つ》らせるように歪《ゆが》め、

「童話集でしょうな、それもかなりマイナーな。中味《なかみ》にもざっと目を通しましたが、どれもごく一部の地方に伝わる民話や今では廃《すた》れてしまった逸話《いつわ》ばかりでした。まあ、その中には随分《ずいぶん》と懐《なつ》かしい物語もありましたが」

意味ありげに微苦笑《びくしょう》しながら、

「材質《ざいしつ》と製作《せいさく》された時期のおかげで、かなりの値打《ねう》ちがつくでしょうが、それさえ除《のぞ》けば似《に》たような書籍はワーティール・ストリートで幾《いく》らでも入手可能でしょう」

ワーティール――幾多《いくた》の書店が列を連ね、ツトラウト中の本が手に入ると評判《ひょうばん》の通りの名前を挙《あ》げて、コンラッドが結論を述べる。

「なら、どうしてレティという女性は、この本を狙ったんですか？」

「さあ、その女性が書物専門の窃盗犯《せっとうはん》というなら、納得できますが。内容はともかく一部のブックコレクターの間で高値《たかね》で取引される類《たぐい》の蔵書であるのは確かですから」

コンラッドが最も高い可能性を上げる。

「ほんとうにそうでしょうか」

ヒャッカも最初はその線で考えた。

図書館において、最も警戒すべきは本盗人《ぬすっと》だ。

一年で蔵書全体の一割を一人の人間に盗まれた、マヌケな図書館の実話などは図書館で働く者なら誰でも一度は耳にしている筈《はず》だ。そして、本盗人の中でも最悪《さいあく》なのは自分が読むためではなく、何処《どこ》かに売るために盗む人間、あるいは組織《そしき》。

ワーティール・ストリートの裏路地《うらろじ》には、それらの盗品《とうひん》本を専門に扱《あつか》う書店すらある。

だが、どうしても腑《ふ》に落ちない。

明確《めいかく》な理由はない。ただ、どうしてもクラックス・レティ——彼女は金銭のためではなく、DDDという本そのものを欲しがっていたように思えてならない。

じっと押《お》し黙《だま》ってヒャッカが考えこんでいると、

「ああ、それと編者のサーペント・D・スペンサーに関してですが、どこかで名前を聞いた覚えがあるような……」

記憶《きおく》を探るような口調でコンラッドが口を挟《はさ》んでくる。

「どこでですか？」

「さあ、それまでは」

「すみませんが、調べておいてくれますか」

「はい、わかりました。さて、私はそろそろカウンターに戻るとしますかな。編みかけのマフラーも完成させないといけませんし」

腰をコンコンと叩《たた》き、コンラッドが自分のあるべき場所へ戻ろうとする。

それを見て難しい話に退屈《たいくつ》していたリーフも椅子からぴょんと立ち上がり、

「あっ、リーフも行くね」

老人と一緒に逃げだすように閲覧室から出ていってしまう。

それにも気付かず、ヒャッカは腕を組んで、DDDとレティのことを考える。だけど、自分を納得《なっとく》させられる答えを見つけられずに、同じ処《ところ》をぐるぐる廻《まわ》って、堂々巡《どうどうめぐ》りをしている感覚《かんかく》に陥《おちい》ってしまう。

実際《じっさい》、DDDの置かれた長机の周りをぐるぐると廻っていると、

「なんだか悩《なや》んでるな。そんなに難《むずか》しい顔してるより、笑った方がきっと可愛《かわい》いぞ」

足元から暢気《のんき》な声がした。

ヒャッカがぴたりと足を止め、視線をついっと床に降ろせば、

「館長、いつまで床に寝転んでるつもりですか。どうせなら、そのまま転がって床掃除《ゆかそうじ》でもしてください」

放っておけば昼寝でもしてしまいそうな感じに手足を伸ばし、床に仰《あおむ》向けになっているレクト。彼はにっと笑うとヒャッカを見上げ、

「まあ、そう言うな。わかんないなら、知ってるかもしれない奴《やつ》に聞けばいいだろ」

「誰《だれ》ですか？」

「たとえば、DDDをここにもってきた奴とか」

「シモンズさんですか」

たしかに一理《いちり》ある。少なくとも、ここで自分だけで悩《なや》むよりはずっと建設的《けんせつてき》だ。

ろくでなしな館長にしては珍《めずら》しくマトモな意見。だが、こういう時に限って裏がある。たとえば――

「彼女に会うための口実《こうじつ》ですか」

「まあな」

こくんと頷《うなず》き、あっさり認《みと》めたレクトは、ふむと呟《つぶや》き、

「……白か。俺の予想だと服に合わせてオレンジってのが一押しだったが外れたな」

「なんのことですか？」

「なに、気にすんな。偶然《ぐうぜん》、見えてるだけだから」

現在進行形《げんざいしんこうけい》で館長が言う。

その視線の先を追って、気が付いた。足元に寝転んだレクト、ずれたサングラスからのぞく青紫の瞳が自分の顔ではなく、橙《だいだい》の旗袍《チーパオ》のスリット……というかそこから垣間《かいま》みえる太腿《ふともも》のあたりをうろついていることに。

「ま、ままさか館長」

顔を真っ赤にしたヒャッカが髪から飛びでた尖《とが》った耳を動揺《どうよう》したように上下に動かす。同時にとっさに旗袍《チーパオ》を、その上に羽織《はお》ったジャケットで隠《かく》すように覆《おお》えば、

「バレたか」

まったく悪びれたふうもなく、惚けたようにレクトが笑った、次の瞬間――

「なに見てんですか、このエロ館長！」

ヒャッカは館長の顔にブーツの底をまったく容赦《ようしゃ》なく叩《たた》きこんでいた。

グーデリア市庁舎　第三監査室《かんさしつ》

お昼ちょっと前のグーデリア市庁の第三監査室。これは、ここ数年のグーデリア市の人口増加に伴《ともな》って新設《しんせつ》された部署《ぶしょ》だ。

そのせいもあって、第三監査室に回《まわ》ってくる仕事は第一、第二で処理《しょり》しきれなかった余り物か、市民からの小さな苦情《くじょう》ぐらいのものだ。

たとえば、隣《となり》の家で飼《か》っている犬が夜遅くに吠《ほ》えてうるさいからどうにかしろ。

たとえば、市庁舎の二階男子トイレのトイレットペーパーがいつもないのは、誰かが持ち帰っているからだ。犯人を探しだせ。

たとえば、市の土地と建物を使って運営《うんえい》されているケリポット図書館。人気もないし、金もない、おまけにマガイモノばかりいて不愉快《ふゆかい》だから潰《つぶ》してしまえ。

そんなどうでもいいようなモノばかりだ。

だからというわけではないが、他に比べて些《いささ》かのんびりとした空気が漂《ただよ》う監査室。その片隅《かたすみ》のデスクで午前中の仕事を終わらせようと初級事務官《しょきゅうじむかん》のシー・シモンズが書類《しょるい》にペンを走らせていた。

若くて、小柄《こがら》な女性、グレーのスーツを着て、ガラス眼鏡《めがね》をかけている。彼女は初級事務官として採用《さいよう》されて一年目、いくら暇《ひま》な部署でも——いや暇だからこそ書類仕事が無駄《むだ》に多い。

「なんか穴を掘《ほ》って、その穴をまた無意味に埋めてるような感じです」

どうせだったら穴を掘るだけ掘ってほったらかしにして、そこに誰かが落ちれば面白いのに。

そんなちょっと物騒《ぶっそう》なことを考えながら、シモンズがそれでも半ば無意識にペンを持つ手を動かしていると、

「シモンズ、あなたに会いたいってのがラウンジに来てるわよ」

同じ部署の先輩職員が話しかけてきた。シモンズよりも二、三歳年上で、この部署に配属《はいぞく》された当初、まだ右も左もわからなかった彼女に仕事を教えてくれた女性だ。

シモンズは手を止めて、彼女に顔をむけ、

「えっと、あの、誰ですか？」

この時間に誰かと会う約束《やくそく》はしていなかった、それとも自分が忘れていただけなのか、ちょっと記憶力に自信のないシモンズが不安と戸惑《とまど》いを綯《な》い交《ま》ぜにした顔になる。

そんなシモンズの疑問を解消《かいしょう》するように先輩職員が言う。

「エイラク・ヒャッカっていうマガイモノの女」

それからちょっと忠告《ちゆうこく》というふうに、

「マガイモノとはあまり付き合わない方がいいわよ。出世に響《ひび》くから」

「えっと、その……」

どう答えればいいのかわからず、困ったようにシモンズが口ごもる。すると、先輩職員は苦《く》笑《しょう》まじりに、

「ごめん、ごめん、ただの冗談《じょうだん》。でもマガイモノってインチキだと思わない？」

「インチキですか？」

「だって、そうでしょ。人間の紛《まが》い物だからいくらでも綺麗《きれい》に造《つく》れるし、その気になれば歳《とし》もとらずにずっと若いまま、しかも御主人様に尽くして、絶対に裏切らない。男だったらどっちを選ぶか一目瞭然《いちもくりょうぜん》。人間の女は引きたて役にしかなれないもの」

「あの、そうなんですか？」

芝居《しばい》じみた大げさな仕草《しぐさ》で両手を広げて力説する先輩職員、だがシモンズはあまり共感《きょうかん》できずに小首を傾《かし》げる。

田舎《いなか》からでてきたばかりのシモンズはあまりマガイモノに馴染《なじ》みがない。だけど、実際に知っているマガイモノ――ヒャッカはたしかに綺麗だが、雇《やと》い主《ぬし》である館長のレクトをよく殴《なぐ》ったり、蹴ったり、魔法で吹き飛ばしたりしている。

先輩職員の言うマガイモノの姿とはどこか一致しない。

とそこに違う職員が呆《あき》れたように口を挟《はさ》んできた。

「あんたは小説の読みすぎ。どうせ仕事サボって、ハニー・ビーでも読んでたんでしょ」

「あっ、やっぱりばれた」

「当たり前よ。だって、今のって今月号のマリアの台詞《せりふ》そのままだったし」

ハニー・ビー――月刊雑誌で連載中《れんさいちゅう》の若い女性に人気があるらしい小説の題名だ。シモンズは読んでいないが、職場でも時々それが話題《わだい》になるので粗筋《あらすじ》ぐらいは知っている。

たしか、どこかの貴族の館を舞台《ぶたい》とした貴族とマガイモノの召使《めしつか》い、それに貴族の婚約者《こんやくしゃ》による三角関係の物語だ。著者は女性で、彼女の実体験《じったいけん》を元に書かれたノンフィクションだという噂《うわさ》もある。

「ところでシモンズ、行かなくていいの？」

「あっ、そうでした。でも、その……」

先輩職員の指摘《してき》にヒャッカを待たせていることを思い出したシモンズは慌《あわ》てて立ち上がる。

だけどそのまま動けずに、終わっていない書類、お昼にはまだちょっと早い時刻を示す時計、それと監査室の扉《とびら》を三分割して、葛藤《かっとう》した顔で見比べる。

そんな不器用《ぶきよう》な後輩《こうはい》の背中を押すように、

「行ってもいいわよ。あっ、それとそのままランチにしちゃっていいから」

「はい、先輩。ありがとうございます」

先輩職員の言葉で、鎖《くさり》を外された小犬みたいにあたふた扉へ駆《か》けだすシモンズ。そのままラウンジにむかって走っていった。


それからシモンズがいなくなった第三監査室で、

「だけど、あの子に面会に来たマガイモノすごかったわ。ハニー・ビーに登場するマガイモノってきっとああいうのね」

少しだけ話をした異国情緒溢《いこくじょうちょあふ》れる橙《だいだい》の装束《しょうぞく》に身を包んだ、華やかなマガイモノの少女の姿を思い返し、先輩職員がぽつりと呟く。

それを近くで耳にした別の職員が興味深《きょうみぶか》そうに顔を上げ、

「そんなに綺麗だったの？」

「それもあるけど、気味が悪いぐらい人間みたいだったの」

人間と同等に扱われることを望み、望まれて造られた、人間よりも優《すぐ》れた存在。

そんなのただの反則だ。そして、世間一般《いっぱん》の人間なら誰もが抱《いだ》く想いを代弁《だいべん》するように、

「ああいうのが一番始末《しまつ》におえないわ。もし、あれと男の取り合いになったら絶対に勝てる気しないもの」

先輩職員は嫉妬《しっと》交じりの嫌悪《けんお》を滲《にじ》ませ、そう言った。

市庁舎　ラウンジ

──とてつもなく居心地《いごこち》が悪い。

市庁舎の一階ロビー横にあるラウンジの片隅《かたすみ》で、ヒャッカはそう思った。

シモンズを待っている間、なるべく人目につかないように奥のテーブル席をわざわざ選んで座った。なのに、全然駄目《ぜんぜんだめ》だった。

このラウンジはランチタイムには軽食も提供《ていきょう》するらしく、今も昼食にありつこうとする市庁の職員や市民で賑《にぎ》わっている。そして、ここにいる大多数《だいたすう》の人間の視線《しせん》は間違いなくヒャッカのいる席に注がれていた。

まるで見世物《みせもの》でも見るかのような無遠慮《ぶえんりょ》で、無神経《むしんけい》な視線。

派手な赤髪《あかがみ》に物珍《ものめずら》しい旗袍《チーパオ》──尖った耳と識別標《しきべつひょう》こそ長い髪で隠しているが、それでもマガイモノと一目でわかってしまう姿形。ついでに自覚《じかく》はないが人並み以上に整《ととの》った容姿《ようし》。

男は何かよくわからないけど気持ち悪い目で見てくるし、女も決して好意的《こういてき》ではない視線をむけてくる。そのくせ、こっちが顔をむけると何故《なぜ》か気まずそうに目を逸《そ》らす。

人間の多いところでは、いつもこうだ。

自分はマガイモノだから仕方ない。そう思えば我慢《がまん》もできたし、もう慣れた。こういう場合、黙《だま》ったまま時が過ぎるのを待つのが最善《さいぜん》の手段だということも学習した。

だけど、今は違う。居心地悪すぎて、今すぐにでもこの場所から逃げだしたい衝動《しょうどう》を抑《おさ》えるのに必死だった。

原因はテーブルのむかいで紅茶をずずっと音をたてて啜《すす》っている男。ヒャッカのいる席にむけられた目の半分以上が間違いなく彼を見ている。

趣味《しゅみ》の悪い丸レンズのサングラスはそのままに、場にまったく馴染《なじ》まない白いタキシードを着て、白いシルクハット、白手袋のとてつもなく怪《あや》しい男。売れない手品師、あるいは子供誑《たぶら》かす人攫《ひとさら》いにしか見えない。

我慢できないのは、これの仲間だと思われていること。ついでに、それが真実であることだ。なんだか、ヒャッカにむけられた視線に同情が混《ま》じっているのは決して気のせいではない。

一秒でも早くシモンズが来てくれることを祈りながら、目の前の紅茶に砂糖を入れて、ティースプーンで掻《か》き混《ま》ぜるという行動を無意味に繰《く》り返していると、

「飲まないのか、だったら貰《もら》うぞ」

自分の紅茶を飲み干した黒のサングラスに、白のタキシードの男——レクトがひょいっと彼

女の紅茶を奪《うば》ってしまう。

そこが我慢の限界《げんかい》だった。

「勝手《かつて》に私の飲まないで下さい！　ってそれ以前《いぜん》に、なんて格好《かっこう》してるんですか！」

ヒャッカの叫《さけ》び声に周囲《しゅうい》がざわつく。だが、レクトだけはまったく驚《おどろ》かずに、

「甘いな」

砂糖がたっぷり入った紅茶の感想を洩《も》らすと、揶揄《からか》うような口調で、

「騒《さわ》ぐと人目につくぞ」

「館長がその格好している時点《じてん》で手遅《ておく》れです」

「なんか変か？」

「変じゃない部分を探すのが難しいぐらいです。あえて言うならレーベン兄弟と同じぐらい変……というより不審者《ふしんしゃ》です。自警団《じけいだん》に捕《つか》まらないのが不思議《ふしぎ》なぐらいです」

開き直ったヒャッカが、図書館にいる時みたいに堂々と強気な態度で断言《だんげん》する。

いつも動物のきぐるみを着こんでケリポット図書館にやってくるレーベン兄弟と同類《どうるい》で括《くく》られて、さすがにレクトは不本意《ふほんい》そうに、

「あれは人間じゃないだろ、俺は人間の格好してるぞ」

「たったそれだけの違いです。趣味悪いのはどっちもどっちだし」

「だけど、こういう人の多いところに普通の格好で来ると、かなり困った事になる気がするん

だがな」

困ったように苦笑しながら、レクトがラウンジの壁に貼《は》られたポスターに目をやる。

「まあ、たしかにそうですが……」

ヒャッカが言葉を濁《にご》す。あのポスターには彼女も気付いていた。

館長にはいろいろな秘密がある。というか謎《なぞ》だらけだ。

レクト・ルードワーズという名前は偽名《ぎめい》で、本名は知らない。何処《どこ》の誰だかもはっきりしない、ただ初代館長が死んだ後ふらりとケリポットにやってきて都合《つごう》よく二代目館長に収まった男。

本名や過去を尋《たず》ねても、いつも適当《てきとう》に誤魔化《ごまか》されてしまう。

わかっているのは、レクトがろくでなしで嘘《うそ》つきで女ったらしの駄目《だめ》館長だということ。あとは一度見たモノは決して忘れないという青紫の瞳――もっとも一度たりとも役だったことはないが。どんな長所も使う人間によっては駄目になるという典型《てんけい》だ。

そして最後に一つ。目の前の男は問答無用《もんどうむよう》で犯罪者《はんざいしゃ》だということだ。

ラウンジの壁に貼られたポスター。そこにはサングラスなしのレクトそっくりの似顔絵《にがおえ》が描かれていた。それだけならいい。その下には細かい文字の羅列《られつ》があった。

――この男、貨幣偽造容疑《かへいぎぞうようぎ》の錬金術師《れんきんじゅつし》で、全国指名手配《ぜんこくしめいてはい》の重犯罪人《じゅうはんざいにん》。もし彼を発見したら軍《ぐん》警察《けいさつ》までご一報《いっぽう》ください。

要約《ようやく》すれば、そんな内容だ。おまけにレクトを捕《つか》まえたり、通報《つうほう》した人間にはかなりの額《がく》の謝礼《しゃれい》が払《はら》われるらしい。

見事《みごと》なまでに犯罪者で、賞金首《しょうきんくび》。しかも捕まれば無期懲役《むきちょうえき》が確定《かくてい》だったりする。

そんな男が、こんなところで素顔《すがお》でのこのこ現れたら誰かに気付かれてもおかしくない。だから、変装《へんそう》する必要がある。

その理屈《りくつ》はわかる。だけど……

「それを理由に仮装《かそう》を楽しんでるようにしか思えないんですけど」

レクトのは変装というよりは仮装だ。しかも、目立ったらいけないのに、思いきり悪目立《わるめだ》ちしている。

「そんなことないぞ」

惚《とぼ》けた口調でレクトが否定する。

ヒャッカは疑うようにじっと目を細め、

「ほんとうに？」

「……ちょっと嘘だ」

「やっぱりですか」

こんなふざけた男がグーデリアという大都市に定住《ていじゅう》しながら捕まっていないのは、彼がクリポット図書館の館長だからだ。

都市の境界《きょうかい》にある、潰《つぶ》れかけの貧乏図書館。そんなところで逃亡犯《とうぼうはん》が暢気《のんき》に館長やってるなんて誰も思わないだろう。さらに職員はマガイモノだけで、訪《おとず》れる人間は図書会員も含《ふく》めて殆《ほとん》どいない。毎日のように通ってくるのは、きぐるみマニアの兄弟だけという事実がかなり悲しい。

レクト・ルードワーズ——彼にとってケリポット図書館は捕まらないための隠《かく》れ蓑《みの》に過ぎないのかもしれない。だから館長として不真面目《ふまじめ》だし、仕事もしない。自分のことも語らない。改めて、自分は館長のことを何も知らないことにヒャッカは気付く。レクトはケリポットの館長で、自分はその世話係だ。

もっとレクトのことを知った方がいいのかもしれない。そうでないと、彼がケリポットに現れた時と同じように、ある日いきなり理由も告げずに立ち去ってしまうような気がする。

それは少しだけ寂《さび》しくて、嫌だった。

そんなことを思いながら、ヒャッカがじっとレクトを眺めていると、

「どうした、俺に惚《ほ》れたか？」

「なわけないでしょう」

レクトのふざけた問いにヒャッカはきっぱり否定を返す。すると館長は肩をすくめて、

「そいつは残念。まあ、そっちの方がヒャッカらしくていいけどな」

「どういう意味ですか？」

嫌味《いやみ》だろうか、と思いヒャッカが聞き返せば、

「さっきまでは、どっかから借りてきた猫みたいだったろ。それよりは騒《さわ》がしい方がよっぽどマシだ」

レクトが惚けたように笑ってみせる。

言われてみれば確かにそうだ。

さっきまでの居心地の悪さやマガイモノだから仕方ないという気持ちが消えていた。それに周囲の視線も気にならない。図書館にいる時と同じ、普段《ふだん》の自分がここにいた。

どんな場所でも、どんな服装《ふくそう》でもいつもと変わらぬ自分でいるレクトにつられて、開き直っていた。

もしこれを狙って、怪《あや》しすぎな白タキシードを着て、ケリポットから市庁舎までの道を練《ね》り歩き、人の多いラウンジに堂々と座って、紅茶を飲んでいるのだとしたら館長はすごい人間だ。

まあ、そんなことは十中八九ないだろうが。

ヒャッカはぴょこんと尖った耳を髪からだして、

「まったく館長は困った人ですね」

ほんの少しだけ機嫌《きげん》よさそうに苦笑した。

その時、聞き覚えのある声がして、

「すみません、遅《おそ》くなりまっあう！」

ようやくシモンズがやってきた。早足《はやあし》でヒャッカたちの席に近づいてきた彼女だったが、

「おっ、転んだ」

途中《とちゅう》で足を滑《すべ》らせ、横で食事をしていた人の席に突っこんだ。しかもそのままテーブルはひっくり返り、皿やコップが空を飛び、

「えっと、あの、ごめんなさい、ごめんなっあわっ！」

シモンズは必死《ひっし》に謝《あやま》りながら、慌《あわ》てて立ち上がろうとする。だけど、その途中《とちゅう》でまた足を滑らせ、そのまた横のテーブル席にさっきと同じように突っ込んだ。そして、また……

わざとではないが、結果的《けっかてき》に被害《ひがい》と騒ぎを拡大《かくだい》していくシモンズを見て、

「私の周りには困った人間しかいないんですか」

かなり本気な口調でヒャッカは言った。

ようやく騒ぎが収まったラウンジ。その片隅《かたすみ》のテーブル席で、

「ふえ～～、ごめんなさい。そんなことがあったなんて」

DDDを狙った泥棒がいることを聞かされたシモンズが本当に申し訳なさそうに謝る。

どうでもいいが、あれだけ転んでおいてシモンズのスーツにはケチャップの染《し》み一つついていない。彼女の背後《はいご》にある半壊《はんかい》といっていいぐらいぐちゃぐちゃの惨状《さんじょう》——幾《いく》つもテーブルが裏返《うらがえ》り、料理や飲み物が床にぶちまけられる——とはまったく対照的《たいしょうてき》だ。

自分たちに謝るより先に、疲れた顔で床をモップで掃除《そうじ》しているウェイターに謝った方がいいのではないか。

そんなことをシモンズが来る前より確実《かくじつ》に人口密度《じんこうみつど》の減《へ》ったラウンジで考えていると、

「別に気にしなくていいぞ、俺は困ってないから」

無責任な発言を彼女の隣《となり》に座っていたレクトがする。それはそうだろう。館長のくせに、その自覚《じかく》も責任もまったく放棄《ほうき》している。彼が困らないのは当然だ。

「館長が困ってなくても、図書館は困ってるんです」

「やっぱり、そうですよね。私がDDDを預《あず》けちゃったから」

ヒャッカの言葉に落ちこんだようにシモンズが俯《うつむ》いてしまう。放っておけば、そのままいつまでも後悔《こうかい》の泥沼《どろぬま》に嵌《は》まっていそうな感じだ。

そんな彼女の手を摑《つか》んで、泥沼から強引《ごういん》に引っ張り上げるようにヒャッカが言う。

「今問題なのは誰に責任があるかではなく、どうしてDDDが狙われるのか、です。シモンズさんに何か心当たりはありませんか？」

「心当たりですか……」

ちょっと考えこむようにシモンズが目を瞑《つぶ》って、小首《こくび》を傾《かし》げる。

目を閉じたまま眉《まゆ》をちょっと歪《ゆが》め、む〜〜、と悩《なや》んでいるシモンズ。

その隣にいたレクトがおもむろに彼女の顔を覗《のぞ》きこむように自分の顔を傾《かたむ》ける。そして、そ

のまま顔をそっと近づけ——る前にヒャッカが彼の頭をがしっと鷲掴《わしづか》み、

「……今、何するつもりでしたか？」

シモンズの思考《しこう》を邪魔《じゃま》しないように小声で、だけど威圧感《いあっかん》たっぷりに言う。すると、レクトは少し残念そうな、だけど惚けた口調で言い返す。

「いや、ちょっと眠り姫の目を覚ましてやろうかと思ってな」

「それ実行したら、白を赤に塗《ぬ》りかえますよ」

「そいつはちょっと勘弁《かんべん》だな」

レクトの白い服装を睨《にら》みつけながらのヒャッカの威嚇《いかく》あるいは警告。それにレクトは残念そうに口元を歪めてみせた。

その時、シモンズが目を開けて、

「やっぱり心当たりはないです。ごめんなさい」

「そうですか」

残念そうにヒャッカが呟《つぶや》く。そこにシモンズがおずおずと、

「あの、でも、私もＤＤＤは人から預《あず》かっただけだから、もしかしたら本当の持ち主さんに心当たりがあるかも……」

「本当の持ち主ですか」

そういえば、シモンズはＤＤＤを図書館に預ける時に言っていた。

あの赤い童話はシモンズがボランティアで知り合った一人暮《ひとりぐら》しの老婆《ろうば》の持ち物で、彼女がぎっくり腰《ごし》で入院している間だけ預かったものだ、と。しかも、さらにシモンズからケリポットに預けられた。

まったくややこしい話だ。だけど、それでよかったのかもしれない。一人暮しの老婆や無用《ぶよう》心《じん》そうなシモンズよりけ、仮《かり》にも図書館のケリポットの方がセキュリティーはしっかりしている。

「あの、その、もしよかったら、おばあさんが入院してる病院の場所を教えますけど。お仕事が残ってるから一緒《いっしょ》には行けないですけど、地図なら書けます」

「お願いします」

「はい、私もよくお見舞《みま》いに行ってるから、場所はばっちりです」

シモンズが彼女にしては力強く頷《うなず》いて、ふとレクトに目をやり、

「ところでレクトさん、なんだか鳩《はと》でもだせそうな服装ですね」

「そうだな、鳩は無理だが――」

レクトがにっと笑って、白いシルクハットを右手で頭からとり、

「花ならいくらでもだせるぞ」

まったく関係ない左手をシモンズの前に差しだす。さっきまで何も持っていなかった、その手には白薔薇《しろばら》の花束《はなたば》があった。

「こいつはシモンズにプレゼントだ」

「わぁ、ありがとうございます。でも、すごいですね」

ちょっと嬉《うれ》しそうにシモンズが花束を受けとれば、レクトは得意《とくい》そうに、

「まかせろ。館長の前は手品師《てじなし》をやってたからな」

「嘘ばっかり……」

調子に乗っている館長で犯罪者、その前は錬金術師だった男を見ながら、ヒャッカはぽつりと呟いた。

グーデリア市立病院

グーデリア市立病院――かすかに消毒液《しょうどくえき》の匂《にお》いが漂《ただよ》う白亜《はくあ》の建物。その三階にある個室の前に立ったヒャッカは、扉にかかった三〇一とある部屋番号を確認して、

「ここですね、やっと到着《とうちゃく》できました」

どこか歩《ある》き疲《つか》れた顔で、言葉を吐《は》き出した。

手にはシモンズが書いてくれた地図が握《にぎ》られていた。もっとも殆《ほとん》ど役に立たなかったが。市庁舎と病院の名前、あとは目印も何もない、ただ黒い線が何本か書かれているだけの、地図というよりたんなる落書きのような代物《しろもの》。

こんなの貰《もら》ってもはっきり言って、どうしようもない。仕方《しかた》ないから、通りすがりの人に道

を尋《たず》ねながら、なんとかここまで辿《たど》りついた。

「なんか、結構《けっこう》時間がかかったな。もしかして、ヒャッカは方向音痴《ほうこうおんち》か？」

まったくもって不名誉《ふめいよ》なことを後ろにいたレクトが言う。

「違います」

ヒャッカはきっぱり否定して、

「いったい誰のせいで、こんなに時間がかかったと思ってるんですか」

「ヒャッカのせいだろ？」

「これでも私は最善《さいぜん》を尽くしました」

「なら、地図を書いたシセンズのせいか？　だけど、あんまり人のせいにするのはよくないぞ」

「それもあるけど、違います」

「なら、誰のせいだ？」

「そんなの館長のせいに決まってるでしょう！」

びしっとレクトを人差し指で指差して、ヒャッカが思いきり断言する。

この駄目館長が道行く女性にふらふら近づき声をかけ、さらに病院に到着しても女性の看護《かんご》師《し》や患者《かんじゃ》に無節操《むせっそう》にちょっかいだそうとして、いちいちそれを阻止《そし》するのに本当に無駄な時間と体力を費《つい》やした。一緒じゃなかったら、絶対にもっと早く到着していた。

それでもなんとか、ここまでやってきた。

ければ。

三〇一――この個室に、ＤＤＤの本当の持ち主がいる筈《はず》だ。多分《たぶん》、シモンズが間違っていなければ。

「とにかく、館長は余計《よけい》なことは喋《しゃべ》らないでください。というか、まったく喋らないでいてくれると嬉しいです」

ただでさえ白タキシードで売れない手品師みたいな格好をしているレクトに怪しい言動《げんどう》をされたら最悪だ。下手をしたら、違《ちが》う種類《しゅるい》の病院にでも強制入院《きょうせいにゅういん》させられかねない。

「わかった、なるべく善処《ぜんしょ》する」

「ほんとにですよ？」

「大船に乗ったつもりで、まかせとけ」

きっと、その大きな船は泥《どろ》でできているに違いない。

そんなことを考えながらも気持ちを切り替え、ヒャッカはトントンと軽く扉をノックする。

すると中からどうぞ、という返事がした。

その声に導《みちび》かれるように扉を開ければ、

「おやおや、随分《ずいぶん》と変わったお客さんだね」

マガイモノのヒャッカと怪しい手品師みたいなレクトを見ても驚かず、穏《おだ》やかな微笑《ほほえ》みでもって一人の老婦人《ろうふじん》が出迎《でむか》えてくれた。

三〇一号室の窓際《まどぎわ》に据《す》えられたベッド。そこで入院患者用の寝間着《ねまき》を着て、暖《あたた》かそうなストールを肩から羽織《はお》った白髪の老婦人――メアリー・ガードナーは、これまで穏やかに歳《とし》を過ごしてきたことを証明するような柔《やわ》らかい風貌《ふうぼう》、優《やさ》しげな微笑みを湛《たた》えた女性だった。

上半身を起こし、膝《ひざ》の上に載《の》せたノートに何かを書き綴《つづ》っていたガードナーに、ヒャッカは一歩近づくと、

「ガードナーさん、初めまして。私はケリポット図書館の……」

「ヒャッカさんだね」

ぱたんとノートを閉じて、先回《さきまわ》りするように老婦人が言う。

「ご存知《ぞんじ》でしたか」

「シーが休日によくお見舞いにきて、お喋《しゃべ》りしてってくれるんだよ。あんたの話も時々していくよ。燃えるような赤い髪にエキゾチックな橙の旗袍《チーパオ》の、とても綺麗《きれい》な人がいるって。こんなばあさんのことまで心配してくれて。まったく、あの子はいい子だね。ちょっと気が弱くて、おっちょこちょいなのが玉に瑕《きず》だけど」

シー・シモンズの言動《げんどう》を思い起こし、軽く苦笑《くしよう》しながらヒャッカも頷く。

「ところで、さっきから後ろで黙《だま》っている男の人は誰だい？」

「あ〜〜〜、あれは……」

ヒャッカがどう説明しようか迷っていると、レクトは右手でシルクハットをとり、胸の前に

おき、

「レクト・ルードワーズ、ケリポットの館長です。どうか、お見知りおきを」

左手は背中に廻《まわ》し、腰を折り、ふざけるように芝居《しばい》がかった礼をしてみせる。ついでに、左手を前に戻した時には、その手にまた花束を持っていた。さっきシモンズに渡したのとは違い、落ち着いた、お見舞い用といった感じだった。

レクトはゆっくりメアリーに近づくと、それを手渡《てわた》し、

「お近づきの印にどうぞ」

「おや、あんたがレクトさんかい。こっちもシーの言ってた通り、面白《おもしろ》い男みたいだね」

ガードナーはくすりと微笑《びしょう》しながら、花束を受け取る。それから、ちょっと困ったようにじっと見て、

「花瓶《かびん》が足りないね」

その言葉に、ヒャッカがベッドの横にある小さな机を見れば、そこには既《すで》にたくさんの花が生けられた花瓶が置かれていた。しかも、まだ新しい。

「もしかして、私たちの前に誰か来ていたんですか？」

「午前中にレティって女の人がね」

「もしかして、クラックス・レティですか？」

確信《かくしん》と警戒《けいかい》をこめてヒャッカが尋《たず》ねれば、老婦人は穏やかに頷いて、

「ああ、そうだけど。知り合いだったのかい」

「ええ、まあ……」

ヒャッカが曖昧《あいまい》に返事をする。その横でレクトがへらっと笑って、

「やっぱり何度聞いてもいい名前だな。美人は名前の響《ひび》きもいいよな」

「偽名《ぎめい》かもしれませんよ、誰かみたいに」

館長に軽く皮肉《ひにく》を投げてから、ヒャッカはガードナーに視線《しせん》を移し、

「それで彼女はどんな用件でやってきたんですか？」

「DDDを譲《ゆず》ってくれっていう交渉《こうしょう》だったよ。かなりの金額《きんがく》を提示《ていじ》してくれたけど断ったよ。あの童話だけは譲れないってね」

「そうですか」

ヒャッカはほっと胸を撫《な》で下ろす。もし、ここで交渉が成立でもしていたら、ただ預かっているだけのケリポットには手も足もでないところだった。それにシモンズが会員になる約束にまで響きかねない。

「ところで、そのDDDについて少しお話が――」

ヒャッカが真面目《まじめ》な顔でそう切りだす。

「それなら、そこの椅子に座るといいよ」

「ありがとうございます」

老婦人の気遣《きづか》いに礼を言い、ベッドの傍《かたわ》らにあった椅子に座る。それから、ヒャッカはレティのことも含めて赤い童話について話し始めた。


「あの童話を狙《ねら》って泥棒にね。そんなに悪い子には見えなかったけど」

十数分後、ヒャッカの話を聞き終えたガードナーは少し寂《さび》しそうに溜息《ためいき》をついて、

「だけど、あれを狙っている者がいたなんて。悪いね、迷惑《めいわく》をかけちゃって」

「いえ、それは……、私たちにも事情《じじょう》がありますから」

少し気まずそうにヒャッカが言葉を濁《にご》す。すると、ちょっとだけ揶揄《からか》いの色を滲《にじ》ませた声で老婦人が言う。

「ケリポットも会員集めが大変そうだね。一年で一〇〇〇人集めなくちゃならないなんてね」

「知っていたんですか」

「シーが話してくれたからね。それに旧友《きゅうゆう》だったんだよ、ケリポットの初代館長と亡くなった私の旦那《だんな》はね」

「そうだったんですか」

メアリー・ガードナーの夫と初代館長が友人だったなんてヒャッカは知らなかった。もっとも彼女が書禮《しょれい》として、この世界に造りだされたのは三年前。それ以前のことはあまり知らない。図書館設立当初からの職員であるリーフやコンラッドに聞けば、何か教えてくれるかもしれな

いが。

そんなことを考えていると、横からなんだか不真面目そうな声がした。

「ふむ、ということは木亡人……」

「余計なことは喋るなって言ったでしょ」

これまでの話をまったく無視したレクトの発言をヒャッカが即座《そくざ》に遮《さえぎ》る。館長は惚けた口調で、

「これは俺《おれ》にとっては極《きわ》めて重要なことだぞ」

「どこがです」

「いや、いろいろと」

「とにかく館長《かんちょう》は黙《だま》っていてください」

へらっと女ったらしな、だらしない笑《え》みを浮《う》かべるレクトに、叩《たた》きつけるようにヒャッカが言う。

そんな二人の会話を聞いていたメアリーは楽しそうに微笑《ほほえ》んで、

「シーは今のケリポット図書館は面白い館長や職員《しょくいん》のいる図書館だって話してたけど、どうやら本当みたいだね」

「面白いですか……」

ちょっと情《なさ》けない声でヒャッカが呟く。それは図書館として誉《ほ》め言葉なのか極《きわ》めて疑問《ぎもん》だ。

だけど、すぐに気を取り直して、

「ところで、何かご存知《ぞんじ》ないでしょうか？」

改《あらた》めて問《と》い直《なお》す。だがガードナーは首を横に振《ふ》り、

「残念だけど、私にはさっぱりだね。DDDは旦那《だんな》がずっと昔に旅先《たびさき》で買ってきたものだからね。ただこれは旦那のお気に入りでね、気がむくと書斎《しょさい》の本棚《ほんだな》から取りだして、私の読めない文字で書かれた御伽噺《おとぎばなし》を読んで聞かせてくれたものだよ」

今はもう手の届かない過去を懐《なつ》かしむように老婦人は穏《おだ》やかに微笑《ほほえ》んで、

「だから、あれを眺めてると思い出すんだよ。書斎の暖炉《だんろ》の前にあった安楽椅子《あんらくいす》に腰掛《こしか》けて、赤い童話《どうわ》を楽しそうに朗読《ろうどく》する旦那とあの人が紡《つむ》いでくれた物語たちをね。DDDの友達探し、ドラゴンになってしまった騎士《きし》の冒険《ぼうけん》、螺旋《らせん》の迷宮《めいきゅう》に迷《まよ》いこんでしまった少女の御伽噺、ひび割れた殻《から》の物語……」

「ひび割れた殻？」

聞き慣れた単語が飛びだし、思わずヒャッカが口を挟《はさ》んでしまう。

「あっ、話の途中ですみません」

ヒャッカが慌《あわ》てて謝《あやま》れば、メアリーは気にしてない、というふうに笑って、

「そう、ケリポットのことだよ。その童話から図書館の名前を付けたらしいね」

「そうだったんですか」

ケリポットが『ひび割れた殻』を意味するメルクルト語であることは知っていた。だけど、その由来《ゆらい》までは知らなかった。

「まあ、今となっては読める人もいない可哀想《かわいそう》な本だけどね」

少し寂《さび》しそうにメアリーが独《ひと》り言のように呟く。が、そこでレクトが何故《なぜ》かシルクハットに右手を突っこみ、

「そんなことはないと思うがな」

そう言って、白い帽子《ぼうし》から見慣れた赤い童話を取りだしてみせる。

「館長、DDDを持ってきたんですか」

「まあな。念《ねん》のために言っておくが、隙《すき》をみて売《う》り払《はら》おうなんて全然《ぜんぜん》考えてなかったぞ」

ぼろぼろ本音の零《こぼ》れる館長の台詞《せりふ》に、ヒャッカは呆《あき》れたように目を眇《すが》め、

「このろくでなし。だったら、どうしてDDDを持ってきたんですか」

「そいつは簡単だ。このご婦人《ふじん》のためにもう一度、赤い童話の物語を紡《つむ》ぐためだ。俺は全世界の女性の味方だからな」

嘘《うそ》か本当か惚けたようにレクトが笑う。そういえば、館長はメルクルト語が読めた。つまり、DDDも読めるということだ。彼はそれを証明するかのように赤茶けた本のページをぺらぺらと捲《めく》って、

「そうだな、ヒャッカもいることだし、ひび割れた殻《ケリポット》の物語でも読むか」

あるページで手を止めると、視線を落とし、すっと静かに息を吸いこむ。そして、物語が始まった。

「ここにひび割れた殻がある。

殻は容器にすぎない。

ひび割れた容器の中には、何かが眠っている」

病院の個室、その白い壁に館長の声がゆっくりと染みていく。普段《ふだん》みたいに戯《ふざ》けた感じがこびりついてる声ではなく、穏《おだ》やかで、優《やさ》しい、でも耳と心に残る声。

「――殻の中に何が在《あ》るのか、殻が壊《こわ》れるまでわからない。

今はまだ殻は割れずにそこにある」

「懐《なつ》かしいね」

「……そうですね」

レクトの物語を聞きながら、老婦人が過去を思いだしたのか、そっと溜息《ためいき》をついて穏やかに微笑む。

ヒャッカも初めて聞く話なのに、何故か懐かしさがあった。

その不可解な、だけどどこか心地よい気持ちを確かめるように、ヒャッカはそっと目を閉じる。そして、思い出した。

昔、まだ初代館長が生きていた頃、彼は時々、リーフやヒャッカに絵本や童話を読んでくれた。懐かしいのはきっと、その記憶《きおく》と今が重なるからだ。

「殻の中に、何が眠っているのかは誰も知らない、誰にもわからない。

何故なら、まだ殻は割れていないのだから。

だけど、いつか必ず殻は割れるだろう。だけど今は割れていない——」

館長は滑《なめ》らかに言葉を紡《つむ》ぎだし、物語を進めていく。その傍《かたわ》らで老婦人とヒャッカは静かに耳を澄《す》ませて、聴《き》いていた。中に何が入っているのかわからないひび割れた殻を巡《めぐ》って、巻き起こる物語を。

王様が、市長《しちょう》が、農夫が、狩人《かりゅうど》が、子供が、老人が、いろいろな人がいろいろな方法で殻を割ろうとする。だけど、誰にも殻を割ることはできなかった。そして……

「今はただひび割れた殻がある。

今はまだそれだけの物語　　」

余韻《よいん》を残すように、そっとレクトは言葉を締《し》め括《くく》る。そして、殻は割れず、中に何が入っていたのかわからないままに物語は終わってしまう。

「これで終わりですか？」

初めて、この物語を聞いたヒャッカが確認するように尋《たず》ねれば、レクトはあっさりと頷いて、

「そうだ、これでお仕舞《しま》い。ここから先は書かれてないぞ」

「随分と中途半端《ちゅうとはんぱ》な終わり方ですね」

少し不満そうにヒャッカが感想を洩《も》らす。するとメアリーは可笑《おか》しそうに、

「私もそう思ったよ。だけど、旦那が言うには殻の中には、この物語を読んだ人が望んだモノが入ってるんだってさ。それがケリポット——ひび割れた殻の意味だってさ」

「読んだ人が望むモノですか」

だったら、自分は何をケリポットに望むだろう。

ヒャッカは考え、その答えはすぐにでた。

自分が望むことは決まっている。ケリポットがいつまでもひび割れたまま続くこと。

あの図書館をずっと、ずっとみんなと一緒《いっしょ》に、誰一人欠けることなく、楽しく笑って、やっていくことだ。

夢物語と笑われるかもしれない。だけど、物語の中でぐらい夢を見てもいいだろう。

と横から物語の余韻をぶち壊しにするような、戯《ふざ》けたレクトの声がした。

「望むモノか。俺だったら、男はどーでもいいから、全世界の女性に愛と平和を、ってとこだな」

……夢でも、現実でも、この館長だけはいらないかもしれない。

ケリポット図書館　閲覧室

「結局、何もわからないままですか」

　夕方になって、病院から戻ってきたヒャッカは椅子に座り、テーブルの上にぽつりと置かれたDDDを見て、それから空色の丸天井を見上げてぼやくように呟いた。シモンズも、ガードナーも赤い童話について、殆《ほとん》ど何も知らなかった。

　ただ収穫《しゅうかく》もなかったわけではない。あとで確認したことだが、病院にやってきたレティが老婦人にDDDを買い取るために提示《ていじ》した金額《きんがく》は、ほんとうにすごかった。本気で家が一軒立ちそうな金額だった。

　金銭目的の窃盗犯《せっとうはん》だったら、DDDの市場価値《しじょうかち》と同じぐらいのお金は払《はら》わないだろう。そのことから、彼女の目的がお金以外なのかもしれない、と推察できる。もっとも、赤い童話を手に入れたら、あとは踏《ふ》み倒《たお》すつもりだったのかもしれないが。

　それと自分としては、ケリポットの名前の由来がわかったことが嬉《うれ》しかった。

　ひび割れた殻の物語——中には読んだ者が望むモノが入っている殻のお話。あとでもう一度、読んでみたい。だけど、あの童話集の文字はヒャッカには読めない。だとすると……

「うわ〜〜〜、お花がこんなにいっぱい。レクト君ってすごいね」

「まかせろ、俺にできないことはないぞ。もっとも女性限定だけどな」

むこうでリーフを相手にどこからともなく花束《はなたば》をだし続ける、未だに白タキシードの怪しい男にあの童話を読んでくれ、と頼むしかない。

それはそれでちょっと嫌《いや》だったので、

「仕方ないから、図書館の書庫で探《さが》しますか」

書庫になら、きっとエンペリア——ヒャッカにも読める文字で書かれたものがあるだろう。なかった時のことは、書庫を調べてから考えればいい。

そんなことを考えていると、

「ご苦労様でしたな」

後ろからやってきたコンラッドに声をかけられた。

「ああ、そういえばサーペント・D・スペンサーについて調べておきましたぞ」

「サーペント……ああ、DDDの編者ですね」

「はい、さようです」

コンラッドは補強用のギブスのせいで可動部分《かどうぶぶん》が殆《ほとん》どない首を小さくカクンと上下させ、

「サーペントは過去の魔術師《まじゅつし》でした。彼は魔術書を何冊《なんさつ》か執筆《しっぴつ》しておりましたので、それが頭の片隅《かたすみ》に残っていたのですな」

「どんな魔術師だったんですか？」

「その質問はなかなかに難《むずか》しいですな。私も実物《じつぶつ》を知っているわけではないですから。ただ、文献《ぶんけん》によるとサーペント・D・スペンサーは、その名にあるDからドラゴン、あるいはデーモンの綽名《あだな》で呼ばれていたようですな」

「随分《ずいぶん》と物騒《ぶっそう》な綽名ですね」

ヒャッカが眉《まゆ》をひそめる。後世《こうせい》まで伝わる綽名があるということはサーペントが優秀な魔術師だった証拠《しょうこ》だ。だけど、優秀なだけで龍《りゅう》や悪魔《あくま》のような悪名ともいえる綽名がつくとは思えない。

「たしかに普通《ふつう》はありえない綽名ですな。ですが彼は辺境《へんきょう》の街を一つ魔術の実験と称《しょう》して吹き飛ばしたようで。それを揶揄《やゆ》した綽名のようです」

「街を一つですか。それは……」

ヒャッカは絶句《ぜっく》する。街を一つ灰燼《かいじん》と化《か》すだけの威力《いりょく》の魔術、そんなもの今だって最高レベルの魔術師でもできるかどうか疑問だ。軍の魔術兵が連隊規模《れんたいきぼ》で連携《れんけい》してどうにか可能となるぐらいの大魔法だ。

「ある文献《ぶんけん》によれば、サーペントの実験には軍も協力していたとか。あるいは、逆に軍の計画に彼が隷属《れいぞく》していたのかもしれませんな。まあ、今となっては真実《しんじつ》は闇《やみ》の中ですが。その実験の失敗のあと、辛《から》くも生き残った彼は傷《きず》が癒《い》えてすぐに消息不明《しょうそくふめい》になってしまったようです。その実験穿《うが》った見方《みかた》をすれば、消息を絶《た》った彼に軍が全《すべ》ての責任《せきにん》を押《お》し付けたという考え方もありますな。それとＤＤＤですが、彼に関する資料《しりょう》には一文《いちぶん》も記述《きじゅつ》がなかったことからも、その実験以降に製作《せいさく》されたものでしょう」

「魔術師が童話《どうわ》ですか。なんだかちぐはぐですね」

ドラゴンあるいはデーモンと称《しょう》された魔術師が造った童話、それをどこか不思議そうにヒャッカが眺めていれば、

「それを言うなら、魔術師が図書館の館長ってのも、かなり変わってるだろ」

途中から、あるいは最初から盗《ぬす》み聞きしていたのか、レクトが横から割って入ってきた。

「まあ、たしかに。初代館長も随分《ずいぶん》な変り者でしたな。でなければ、こんな図書館は造らんでしょう」

苦笑するようにコンラッドも同意《どうい》する。

マガイモノだらけのケリポット図書館。その初代館長は穏やかな面持ちに、柔らかい青紫色の瞳が印象深い魔術師だった。リーフやヒャッカも、彼によって造られた。

そういえば、初代館長はよく言っていた。

——大多数の人間にとっては必要のない、だけど誰かにとっては必要で宝物になる本を図書館に保管しよう、と。

それはきっと目の前にあるＤＤＤのような本のことなのかもしれない。他の人にとっては古ぼけて、おんぼろの本でしかない。だけど、あの老婦人にとっては大好きだった人との想い出

を繋《つな》ぐ、宝物のような本。

だとしたら尚更《なおさら》、ＤＤＤは他の人には渡せない。これはメアリー・ガードナーが持っているべき本だ。

そんなことを思い、改めてヒャッカがＤＤＤをレティから守る決意《けつい》を固めてる。

とそこにレクトが不真面目な口調で、

「そういえば、どうして、その魔術師のじいさんは図書館なんか造ったんだ？」

「それは……」

何か言おうとして、だけど、ヒャッカの口からは何も言葉がでてこなかった。

初代館長は、この図書館をマガイモノたちの楽園にしたい、と言っていた。だけど、何故、彼がマガイモノたちの楽園など造ろうとしたのか、ヒャッカは知らない。

ただ、最初からケリポット図書館があって、そこには初代館長とマガイモノの職員《しょくいん》たちがいて、それを疑問に思うこともなく彼女も図書館で働《はたら》いていた。

自分は何も知らない。ケリポットの由来すら今日まで知らなかった。

それに気付き、呆然《ぼうぜん》と立ち尽くしていると、

「いつも俺に館長らしくしろ、とか言ってるのに、ヒャッカも前の館長のこと全然知らないんだな」

戯《ふざ》けるような口調で、だけどかなりきついことをレクトが言う。

ヒャッカは思わず自分の声で耳を塞《ふさ》ぐように、

「そんなの館長には関係ないじゃないですか。図書館のことなんか、全然関心ないくせに！」

叫んで、がたんっと乱暴《らんぼう》に席を立つ。きっとレクトを睨《にら》むと、そのまま逃げるように閲覧室から走り去ってしまう。

ガンガンと乱暴に鉄の螺旋階段《らせんかいだん》をヒャッカが降りていく音を聞きながら、リーフが呆《あき》れたように、

「あんなこと言っちゃ駄目だよ、レクト君。ヒャッカちゃんはかんちょーのことが大好きだったんだから」

「そいつはまずかったな」

失敗を悔《く》やむようにレクトは薄茶の髪《かみ》を掻《か》く。それから場の空気を取《と》り繕《つくろ》うように、わざと惚《とぼ》けた口調で、

「それにしてもヒャッカはじいさん趣味か。どうりで俺に惚《ほ》れないはずだ」

「それって自意識《じいしき》かじょーってやつだね」

あはは一、とリーフは明るく笑いながら、

「好きだったのは、館長として。それから家族としてだよ」

「リーフも前の館長のこと好きだったのか？」

「うん、好きだったよ」

「俺よりも？」

その質問に、リーフはちょっと考えこむように腕を組んで、

「う〜ん、同じぐらいかな」

「そいつは光栄《こうえい》だな」

ヒャッカのいない閲覧室で、レクトの声がどこか空々《そらぞら》しく響《ひび》いた。

ケリポット図書館　二階　廊下

夜のケリポット図書館の廊下、その薄暗《うすぐら》い空間をヒャッカは歩いていた。どんなことがあっても、毎夜の館内の巡回《じゅんかい》だけは欠かさない。彼女らしい生真面目《きまじめ》さではあった。

だけども、彼女の最悪な気分を代弁《だいべん》するように不機嫌そうに足は床《ゆか》を踏《ふ》みにじる。

「あんなこと言わなくたっていいじゃないですか。まったく、あのろくでなし」

時折、思い出したように、すっかり口癖《くちぐせ》になってしまった台詞をぶつぶつ呟いていた。

今日の夕方、レクトに言われた台詞——自分は何も初代館長のことを知らない。

たしかに事実かもしれない。だけど、それをあのろくでなしの館長に指摘《してき》されたことが何よりも腹立たしい。バカにバカと言われた方が、まだマシだった。

廊下を突進するように、ズカズカと大股《おおまた》で歩くヒャッカ。彼女の足がある場所でぴたりと止

まる。そして、視線をゆっくりと壁に移動《いどう》させた。

ヒャッカの視線が定まったところには、穏《おだ》やかな面持ちと柔らかい青紫の瞳をもつ老人の肖《しょう》像画《ぞうが》があった。これがケリポットの初代館長――ポリグロット・ルードワーズだ。

今はもういない館長に語りかけるように、ヒャッカは喋る。

「私は、なんのために図書館を潰《つぶ》さないように頑張《がんば》ってるんですか？」

その答えは決まっている。

目の前にある肖像画、そこに描《えが》かれた老人との約束のためだ。

二月前に亡くなった初代館長、彼は死の直前まで自分が死んだあとのケリポット図書館のことを心配していた。

自分の我儘《わがまま》で造ったともいえるケリポット図書館、それが自分のいなくなったあともきちんと存続《そんぞく》できるだろうか。マガイモノだけの図書館に会員たちは納得《なっとく》してくれるだろうか。

自分のことよりも、あとに残される図書館とマガイモノたちの未来ばかりを心配していた老人、彼を安心させるためにヒャッカは一つの約束をした。

――私がこの図書館を守ります。みんなと一緒《いっしょ》にずっと、ずっと図書館をやっていくんです！　だから、館長が心配することなんて、何にもありません。

死が間近《まぢか》まで迫《せま》った館長に、ヒャッカは泣きそうだけど、泣くのを必死に我慢《がまん》しながら、何だか変《へん》な顔でそう誓《ちか》ってみせた。

その約束に館長は穏やかに微笑《ほほえ》んで、自分が世界に造りだした幼《おさな》い精霊《せいれい》の頭をそっと撫《な》でた。

そしてそのまま、ヒャッカの頭を撫でてくれた大きな、だけど枯《か》れ木のように痩《や》せてしまった手は二度と動くことはなかった。

それでも、最後の最後で館長は微笑んでくれた。あの微笑《びしょう》に嘘《うそ》をつかないためにも、じゃッカは約束を守らなければならなかった。

だけども、現実はマガイモノに優しくなかった。

ケリポットを潰そうとするベトノワール図書館の暗躍《あんやく》、レーベン兄弟の嫌《いや》がらせ、館長がいなくなると同時に次々と脱会《だっかい》していく会員たち。

極《きわ》めつけは市議会によるケリポット図書館の廃館決定。執行猶予《しっこうゆうよ》は一年、その間に一〇〇〇人の会員を集めなければ、ほんとうにケリポット図書館はグーデリアから消えてしまい、そこで働くマガイモノたちもバラバラになってしまう。

一年は長い、だけどそれ以上に、一〇〇〇人という会員の壁は大きかった。既に執行猶予の内の一月《ひとつき》は過去になったのに、会員は未だに三一人。ついでにシモンズというたった一人の会員予定者がいるだけだ。

しかも、シモンズが会員になるのを邪魔《じゃま》するように、彼女から預かった赤い童話を付け狙うレティという女性まで現れた。

図書館はまさに断崖絶壁《だんがいぜっぺき》の瀬戸際《せとぎわ》まで追《お》いつめられている。なのに、ケリポットの二代目館長は、ろくでなしと無責任《むせきにん》がそのまま服を着たような嘘吐《うそつ》きな駄目人間《だめにんげん》で女ったらし、しかも全国指名手配《ぜんこくしめいてはい》の逃亡犯《とうぼうはん》という豪華《ごうか》オマケつきだ。

信頼《しんらい》できて、尊敬《そんけい》できた初代館長と大違いのろくでなしぶりは、思い出すだけで腹が立つ。それでもレクトは人間だという理由だけで、館長をやっている。

大事な人との約束を守れないのは、とても怖《こわ》い。なのに、世界の全《すべ》てがその約束を壊《こわ》すために動いているように錯覚《さっかく》してしまう。

ヒャッカは今にも泣きそうな顔を俯《うつむ》かせ、こつんと初代館長の肖像画に額《ひたい》をぶつける。そして、小さな、彼女には似合《にあ》わない泣きそうな声で、

「すみません、館長。もしかしたら約束《やくそく》を破《やぶ》ってしまうかもしれません」

誰《だれ》にも言えない弱音《よわね》を、もうここにはいない館長にむかって呟いた。そして、そのままケリポットの夜は深く、静かに過ぎていい――かずに、

「誰か呼んだか？」

いきなり廊下の闇《やみ》から抜けだすように、口に煙草《たばこ》を咥《くわ》え、サングラスをかけたレクトがのっそりと現れた。誰もいないと思って油断していたヒャッカは慌《あわ》てて初代館長の肖像画から額を離して、一歩後ずさって距離をとると、

「だ、誰も館長のことなんか呼んでません」

取り繕《つくろ》うように、そう言った。だが、レクトはちょっと意地悪げににっと笑うと、

「そうか？　言ってなかったが、実は俺の耳は目と同じで特別製《とくべっせい》で、俺を呼ぶ声はどんなに遠くにいても聞こえるんだ。もっとも女性限定だけどな」

そんなあからさまなデタラメに、ヒャッカは思わず呆《あき》れたように、

「嘘ばっかり言わないでください。だいたい私が呼んだのは館長だけど館長じゃなくて――」

そこまで言って、しまったというふうにヒャッカは顔を顰《しか》める。口を滑《すべ》らせて、言わなくていいことまで、言ってしまった。

ヒャッカの失言に、レクトはにやっと笑う。そして、さっきまでヒャッカが額をくっつけていた肖像画に顔をむけ、

「なるほど、じいさん相手に愚痴《ぐち》ってたのか」

先ほどまでの状況《じょうきょう》を正しく推察《すいさつ》し、それからヒャッカに視線を戻すと、

「とりあえず、泣《な》いてる女をそのまま放っておくのは俺の主義《しゅぎ》に反するんだけど」

「誰も泣いてなんか……」

「そのわりには目が赤いな」

「こ、これは目にゴミが入って、それを取ろうと擦《こす》ったからです」

証拠隠滅《しょうこいんめつ》を図《はか》るようにヒャッカはごしごしと目を擦ってみせる。他の誰よりも、この男にだけは泣いてたことを認《みと》めたくない。何故だかわからないけど、そう思った。

そんな意地を張るヒャッカを見ていたレクトは、

「まあ、そういうことにしておくか。だけど、その代わり——」

どこか楽しそうに笑って、交換条件《こうかんじょうけん》を持ちかけてきた。

ケリポット図書館　職員休憩室《きゅうけいしつ》

カウンター奥にある職員休憩室。そこのテーブルの上に置かれた二つのカップにヒャッカがティーポットから紅茶《こうちゃ》を注ぐ。

レクトがだした交換条件は、自分に紅茶を一杯《いっぱい》淹れること、それにヒャッカも付き合うこと。ただ、それだけのことだった。

ヒャッカはその交換条件を承諾《しょうだく》した。もし、ここで断って明日の図書館で、あること、ないこと言いふらされるよりはよっぽどました。

そういうわけで真夜中の小さなお茶会の用意をしているヒャッカの傍《かたわ》らでは、椅子に座ったレクトが紅茶の表面からゆらゆらと立ちあがる湯気を面白そうに眺めていた。

紅茶と茶菓子《ちゃがし》の準備《じゅんび》が終わって、ヒャッカも椅子に腰《こし》かける。そこにレクトが話しかけてきた。

「悪いな、紅茶を淹れて貰《もら》って」

「悪いと思うなら、これぐらい自分でしてください」

「俺が淹れるとどういうわけか不味《まず》くてな。他の奴の淹れたのを飲んだほうがよっぽどマシだ。今度、美味《うま》い紅茶の淹れ方でも教えてくれ」

「紅茶の淹れ方より先に、私としては屋根裏《やねうら》の私室を整理《せいり》することを覚えてほしいです」

屋根裏にある館長の私室の乱雑《らんざつ》ぶりをヒャッカが指摘《してき》する。どうでもいいが、あれは本気でなんとかして欲しい。何に使うのかもよくわからないガラクタが多すぎる。いつ床《ゆか》が抜けてもおかしくない。

「それにしても静かだな」

図書館全体が眠ってしまったかのような静けさに、今更気付いたようにレクトが言う。

ヒャッカは紅茶の味をたしかめるようにストレートのまま一口飲んでから、

「みんな、活動を停止《ていし》していますから」

図書館が閉館となる夜は、職員であるマガイモノにとっても休みの時間だ。用もないのに館内をふらふら歩き回っているのはレクトぐらいのものだろう。それにグーデリアの僻地《へきち》にあるセントラル・エッジ・ストリートはもともと人通りも少なく静かなところだ。

「ふむ、なるほどな。ってことは夜這《よば》いも無理か。いや、朝方とかだったらなんとか……」

目の前でいきなり悪巧《わるだく》みを始めたレクトに、ヒャッカは警告《けいこく》するように、

「もしそれを実行するつもりなら、今夜から館長の寝床《ねどこ》は窓から吊《つ》る下《さ》げた簀巻《すま》きの中になりますよ」

「あ〜〜、ところでそれってうまいのか」

　あからさまに話題を逸《そ》らすように、レクトが言う。彼の視線は紅茶にあらかじめ用意しておいた容器から墨汁《ぼくじゅう》を一滴、垂《た》らそうとしていたヒャッカの手に興味深そうに注がれていた。

「さあ、私は美味《おい》しいと思います。ただ人間の館長にはあまりお薦《すす》めできません」

　これは多分、リーフのおやつの色鉛筆と同じで、マガイモノあるいは書禮《しょれい》限定の味覚《みかく》だ。ただ前にリーフに墨汁入りの紅茶を飲ませたら、苦《にが》くて不味《まず》いと言われてしまった。同じ魔術師に造られた書禮でも、媒体《ばいたい》となった書物によって味覚《みかく》が異なるらしい。

　墨汁を垂らした紅茶をティースプーンで掻《か》き混《ま》ぜて、一口飲む。すると、やっぱりいつものように美味しかった。

「ところで約束ってなんだ？」

　もう一口飲もうとしたところにレクトの声が投げかけられ、紅茶を口に運ぼうとしていたヒャッカの手がぴたりと止まる。

「それは——」

　僅《わず》かな間、ヒャッカが迷うように口ごもる。だけど、結局は初代館長との約束——自分が図書館を守る——のことをレクトに話していた。

「なるほど、それでみんなでずっと一緒に図書館をやっていくって約束したのか」

「はい、そうです」

「ヒャッカはあのじいさんが好きだったんだな」

レクトの呟きに、ヒャッカはまったく躊躇《ためら》わずにこくんと頷《うなず》く。それは誰《だれ》になんと言われようと絶対に変わらない事実だ。

一冊の本としてこの世に生まれ、何もわからぬままに書禮としての自分がいることに気付いたヒャッカが、目を開けて、この世界で最初に見たモノは初代館長の姿だった。

肖像画と同じ穏やかな面持ちと青紫の瞳。いきなり覚醒《かくせい》した意識、何もわからず、何も知らずに、ただ不安に戸惑うヒャッカを前に老魔術師は告げた。

『この世界は苦渋《くじゅう》に満ちている。だがそれ以上に喜びに満ちている。それを教えるために私とそして図書館が君の家族になろう』

そう言うと、魔術師は青紫の瞳を細めて穏やかに微笑《ほほえ》み、しわくちゃの大きな手でヒャッカの頭を優しく撫《な》でてくれた。

あの時の大きな手の暖かさと青紫の目の優しさは、今でも鮮明《せんめい》に記憶《きおく》に焼《や》きついている。その瞬間《しゅんかん》から初代館長とケリポットはヒャッカの大事な場所で、家族になった。

そんな昔話をヒャッカは、レクトに話していた。

「だから、じいさんのことを俺に何も知らないって揶揄《からか》われて怒ったわけだ」

「そうかもしれません。でもそれよりも……」

紅茶を飲んで、少し冷静になってみたら気が付いた。

自分が本当に怒っていたのは、何も知らないくせに偉《えら》そうに図書館を守るなんて約束して、その約束さえ守れないかもしれないと挫《くじ》けそうになって、弱音《よわね》を吐《は》く自分自身にだった。

「私は初代館長のことを何も知りません」

「そんなことないだろ、少なくとも俺よりは知ってるはずだぞ」

「だけど、リーフやコンラッドよりは全然知りません」

拗《す》ねた子供ようにヒャッカはぷいっとそっぽをむいてしまう。すると、レクトは軽く惚《とぼ》けたように笑って、

「でも、知らないってことはそんなに悪いことでもないと思うがな」

「そうでしょうか？」

「世界のことを神様みたいになんでも知ってる奴がいたとしたら、そいつはきっとすごい退屈だぞ。知らないことがあるからこそ、それを知った時に楽しかったり、嬉《うれ》しかったりするんだろ。俺が今、ヒャッカの変わった趣味がわかって、面白いって思ったみたいにな」

「変わってて悪かったですね。美味《おい》しいんだからいいじゃないですか」

拗ねたままの口調でヒャッカが言う。すると、そこにレクトは言葉を重《かさ》ねるように、

「今日はケリポットの名前の元になった童話だってわかったし、まだまだこれからだろう。それにあれだ――」

少し考えるように言葉を切って、それから再び、

「ひび割れた殻だって、割れるまで中に何が入ってるのかわからない。それと同じで、図書館《ケリポット》だって、一年後になってみないとどうなるかなんてわからないだろ。もしかしたら、最後の一日に一〇〇〇人の人間がやってきて、会員にしろって詰めかけてくるかもしれないしな」

「まったく、館長は気楽ですね」

「そうかもな。世話係がしっかりしてる分、遊んでられるからな」

「館長の場合、遊びすぎです。もっときちんと仕事をしてください」

「それを言うなら、ヒャッカは自分だけで抱《かか》えこみすぎだな。もう少し周りの奴らに頼ってもいいんじゃないのか。リーフやコンラッド、あとはたとえば——」

喋《しゃべ》りながらレクトはサングラスを外し、初代館長と同じ色をした青紫の瞳でヒャッカを見つめて、

「じいさんじゃない方の館長とかにな」

レクトはヒャッカの赤髪《あかがみ》の上に自分の手を載《の》せて、ちょっと乱暴にくしゃくしゃと掻《か》き混《ま》ぜるように撫でてみせる。初代館長と同じ青紫の瞳と大きな手。どこか懐かしい感覚にヒャッカは、大人しく動かずにいたが、

「今日はずいぶんと優しいですね」

しばらくして、いつも揶揄《からか》われている仕返《しかえ》しに、そんなことを言ってみた。だけど、レクトはまったく動じず、普段通りの惚けた口調で、

「そうか？　俺は女性にはいつも優《やさ》しいぞ。まあ、今日はあれだな。昔の約束を思い出したからかもな」

「館長も誰かと約束してたんですか」

「ずっと昔に泣き虫な女の子とな。まあ、そいつは約束のことなんか、とっくの昔に忘《わす》れちまったみたいだがな」

ほんの少し、それまでよりも寂《さび》しそうにレクトが苦笑いを浮かべてみせる。

その館長の表情にヒャッカの心のどこかが何故《なぜ》か小さく痛《いた》んだ。すると、レクトは彼女の頭をくしゃくしゃ撫《な》でながら、にっと笑って、

「まあ、気にするな。そいつが忘れても、俺が忘れていなけりゃ問題ない。そういう類《たぐい》の約束だ」

「そうですか」

「ああ、そうだ。ところでヒャッカは紅茶淹《い》れるのが上手だな。今度また淹れてくれ」

「館長がサボらずに、きちんと夜中の見廻《みまわ》りをするなら、考えておきます」

「そいつはなかなか難《むずか》しい条件だな」

「こんなの全然難しくありません。それとも館長が自分の部屋を片付けることができたら、にしますか？」

「そいつは絶対に無理だな」

職員休憩室での、そんな他愛《たあい》のない会話とともに、ケリポットの夜は優しく、そして穏やかに過ぎていった。

某所《ぼうしょ》

空に浮かんだ月と星の光に映し出された、ある部屋の夜の出来事。

細い金糸を束《たば》ねたような金髪に整った顔立ち、花飾《はなかざ》りのついた帽子に白を基調とする服装、そして清楚《せいそ》な、だけどどこか間の抜けた雰囲気《ふんいき》を漂《ただよ》わせてクラックス・レティは、部屋の扉の横に立っていた。そして、バカ丁寧《ていねい》な、だけどどこか間違《まちが》った文法で、

「申し訳ないです。DDDの持ち主との交渉《こうしょう》は失敗しましたです」

今日の失敗を報告する。すると、部屋の中央に置かれた椅子に座っていた彼女の雇《やと》い主《ぬし》は心底呆《あき》れたというように、

「まったく、君は本当に役立《やくた》たずだね」

「はい、私はミジンコ以下の役立たずなのです」

叱《しか》られた小犬のようにしゅんと俯《うつむ》きながら、レティが主の言葉に余計なことを追加《ついか》して反復《はんぷく》させる。

そんな彼女を冷《つめ》たく一瞥《いちべつ》してから、彼は言う。

「ねえ、僕《ぼく》は言ったよね、あの本は僕の目的のために必要だって。僕はあれが欲《ほ》しいんだ。だったら、君はどうすべきなのかな？」

「えっと……何をすればいいのですか？」

レティは困ったように首を傾げて、聞き返す。彼女は自分で考えて、行動することが苦手《にがて》だ。命令されて、そのままに動く方がよっぽど楽《らく》でいい。

今も雇《やと》い主《ぬし》の命令を待っていると、彼は小馬鹿《こばか》にしたような溜息《ためいき》を一つ吐《つ》き、それからこう言った。

「どんな手段《しゅだん》を使っても構《かま》わない。君はＤＤＤを手に入れて、僕に渡《わた》さなければならないんだ」

「わかりました。どんな手を使ってもＤＤＤを手に入れます！」

「ふーん、なら頑張《がんば》ってよ。僕は君に期待《きたい》してるんだから」

どうでもよさそうな励《はげ》まし。だけど、その言葉をレティは本当に嬉《うれ》しそうに噛《か》み締《し》めて、

「はい、今度こそ絶対に成功《せいこう》です。我に秘策《ひさく》ありなのです！」

無責任《むせきにん》なぐらいきっぱりそう断言《だんげん》すると、

「こうなったら、明日に備《そな》えて、今日はもう寝《ね》るです。では、お休みなのです」

それだけ言い残すと、ばたばたと慌しく部屋からでていってしまう。

そのなんだかどうにも頼《たよ》りない後ろ姿に、

「なんだか次も駄目そうだし、僕も動くとしようかな」

彼は小さく本音《ほんね》を投げかけた。

第四章　壊《こわ》れたレンズとソフトクリーム

グーデリア市立病院

　まだ朝早い時間、グーデリア市立病院の三階を白の看護服《かんごふく》を着た若い女性が、たくさんの汚《よご》れ物が入った大きなカーゴをがらがらと押《お》しながら歩いていた。彼女は、擦《す》れ違《ちが》う人にはみんな——医師でも、看護師でも、患者《かんじゃ》でも誰《だれ》にでも同じように明るい笑顔で挨拶《あいさつ》しながら廊下《ろうか》を突き進み、ある個室の前で足を止める。

　とその時、部屋の扉《とびら》が開いて女性の看護師が一人、中から出てきた。目が合った瞬間、カーゴを押していた女性はそれまでと同じように明るく笑って、

「どーも、おはようなのです。洗濯物《せんたくもの》の回収です」

「あら、おはよう。今日は随分《ずいぶん》と早いのね」

「はい、今日はいい天気だから、早くきたです」

　あまり理由にならないような理由だが、たしかに今日は快晴《かいせい》だった。それに遅《おく》れるのは問題

だが、早い分にはそれほど問題はない。

そんなふうに考えて看護師は部屋の外にでてカーゴに道を譲《ゆず》ると、

「ありがとうです、ではお仕事頑張《がんば》って下さいなのです」

ぺこりと頭を下げて礼を言い、カーゴを押しながら白い看護服の女性は部屋の中に入っていった。ばたんと扉が閉じられる。

その扉の前でしばし看護師は立ったまま、

「でも、あんな子、この病院にいたかしら？」

記憶《きおく》を探るように、ちょっと首を傾《かし》げる。だけど、思い当たる人間はいなかった。まあ、この病院も広いし、部署《ぶしょ》が違《ちが》えば顔を知らなくてもおかしくない。きっと違う部署から新たに配《はい》属《ぞく》になった看護師なのだろう。

そんなふうに自分を都合よく納得《なっとく》させて、彼女は次の部屋にむかうため三〇一号室——メアリー・ガードナーの個室をあとにした。

ケリポット図書館　貸出カウンター前

「館長、あなたは最低です！」

ケリポット図書館の一階にヒャッカの声が響《ひび》き、同時にぱんっと乾《かわ》いた音がした。レクトの頬《ほお》に、彼女の平手《ひらて》が思いきり叩《たた》きこまれる。その拍子《ひょうし》に館長がいつもかけているサングラスが外れて、床に落ちた。

「……ったぁ」

平手を食らったレクトが唇《くちびる》から血を滲《にじ》ませて、痛そうに顔を顰《しか》める。だけど、そんな館長を睨《にら》むように一瞥《いちべつ》しただけで、ヒャッカは、これ以上一秒だって一緒にいたくない、というように拒絶《きょぜつ》の空気を漂《ただよ》わせ、この場を離れようとする。

その時、無造作《むぞうさ》に前に踏《ふ》みだされたヒャッカの足の下でぐしゃっという音がして、

「あっ……」

ブーツの底から、何かを踏《ふ》み潰《つぶ》し、砕《くだ》いてしまった感覚が伝わってきた。

ヒャッカが慌てて足を退《ど》ければ、色褪《いろあ》せた赤の絨毯《じゅうたん》の上に、原型すら留《とど》めていない、以前はサングラスだったモノの残骸《ざんがい》があった。レンズは粉々《こなごな》に砕け、金属《きんぞく》の細いフレームは修復不可《しゅうふくふか》能《のう》なほどに捻《ね》じ曲《ま》げられている。

気に入っていたサングラスの惨状《さんじょう》に、レクトはほんの少しだけ悲しそうに顔を歪《ゆが》める。

そんな館長の表情に、橙《だいだい》の旗袍《チーパオ》を纏《まと》った少女は僅《わず》かに気まずさと罪悪感《ざいあくかん》を顔に滲《にじ》ませ、口を開きかける。だけど、結局何も言わずに黒のジャケットをひるがえし、返却カウンターの前から立ち去ってしまった。

あとには重苦しく、気まずい空気とレクトだけが残された。

地下の書庫《しょこ》に目録製作《もくろくせいさく》のために整理部門で借りていた蔵書《ぞうしょ》を戻し、地上に帰ってきた途端《とたん》そんな場面に遭遇《そうぐう》してしまったリーフは戸惑《とまど》うように立ちすくむ。しかも、齧《かじ》っていたおやつの青色の色鉛筆までぽろりと床に落としてしまう。

なんで二人がこうなってしまったのか、わからない。

リーフが書庫に潜《もぐ》る前は、二人ともいつもと同じように振舞《ふるま》っていた。レクトは仕事をさぼってコンラッドが編物《あみもの》しながら暇《ひま》そうに立っているカウンターに隠《かく》れて、だけどすぐにヒャッカに見つかって、いつもみたいに叱《しか》られていた。

既《すで》にケリポットの日常となりつつある——職員たちに一日一回は館長を叱《しか》っているヒャッカの声を聞かないと落ち着かない、とまで言わしめた、何の変哲《へんてつ》もない光景があるだけだった。

だけど、今のは違う。

これまでのじゃれあいのような言い合いとは何かが決定的《けっていてき》に違った。

状況《じょうきょう》がまったく摑《つか》めないリーフは、

「ねえ、なにがあったの？」

とりあえず館長に近づいて、話しかける。すると、彼は唇《くちびる》についた血をぺろりと舐《な》めとり、

「よお、リーフ。ちょっとドジ踏んじまってな。まあ、いつものことだ」

「でも、なにかしたでしょ。もしかして、あの赤っぽい本をどっかに売り飛ばしちゃったと

か？」

「まさか、俺はそこまで命知らずじゃないぞ。そんなことしたら、ヒャッカに図書館の裏庭にでも埋《う》められちまうからな」

「あ〜〜、それはそうかも」

とても説得力《せっとくりょく》のある答えにリーフは頷《うなず》く。それからちょっと考えるようにふわふわのエプロンドレスのポケットから取りだした色鉛筆を唇にあてて、

「だったら、もしかして、いきなりヒャッカちゃんに襲《おそ》いかかったとか。駄目《だめ》だよ、せっかくレクト君は人間なのにケダモノさんになったりしちゃ」

「俺がそういう男に見えるか？」

「うん、ちょっとだけ」

リーフがあっさりそう答えると、レクトは口元を歪《ゆが》め苦笑いの表情をつくり、芝居《しばい》がかった仕草《しぐさ》で両手を広げ、

「そいつはまったくの誤解《ごかい》だな。こう見えても、俺ほど安全《あんぜん》な男はいないぞ」

「そういうこと言う人ほど危《あぶ》ないから、絶対に信用しちゃいけませんって、ヒャッカちゃんは言ってたよ」

あと、甘いモノをあげるから、と誘《さそ》われても知らない人には付いていってはいけない、とも注意された。それは大丈夫だ。甘いモノにつられるほど子供ではない。もっとも色鉛筆を十本

あげると言われたら、ちょっと考えてしまうかもしれないが。

「――でも、さっきのヒャッカちゃん、本気《ほんき》で怒《おこ》ってたね」

「本気で？」

「うん、本気で。だってヒャッカちゃん、すごい無口《むくち》だったもの」

そう、さっきのヒャッカは本当に怒っていた。尖《とが》った耳はとっても不機嫌《ふきげん》そうに髪から飛びだし、すごく怖《こわ》い目で館長を睨《にら》んでいた。なのに一言も口を聞かずに、この場を去った。

ヒャッカが無口になるのは、本当に怒っている証拠《しょうこ》だ。

リーフもずっと前に、ヒャッカを本気で怒らせたことがある。戯《ふざ》けて遊んでいて、彼女が大事にしていたティーカップを割《わ》ってしまったのだ。

「あのね、その時はヒャッカちゃん、三日もリーフとお喋《しゃべ》りしてくれなかったの」

あの時のことを思いだして、ちょっと悲しそうにリーフが言う。

謝《あやま》って、お詫《わ》びにそっくりのティーカップを探してきたり、とても大事にしていた金と銀の色鉛筆をあげても、ヒャッカは口を聞かずに、立ち去ってしまった。それでも謝って、謝って、それでも口を聞いてくれなくて、最後にはとうとうリーフは泣きだしてしまった。

そんなリーフを気まずそうに見て、ヒャッカは今回だけは許してあげます、と三日目で初めてリーフの目を見て言葉を発した。

それが仲直《なかなお》りの合図《あいず》だった。

あとで聞いた話だと、壊《こわ》れてしまったティーカップは、初代館長から彼女への初めてのプレゼントだったらしい。もっとあとの話だと、そのあとリーフは自分が選んだティーカップを改《あらた》めて、ヒャッカにプレゼントしたらしい。そして、そのカップは今も持ち主に大事に使われている。

「――で、レクト君はなにやってヒャッカちゃんを怒らせちゃったの？」

結局、そこに戻るらしい。レクトがちょっと情けない声で、

「どうしても言わなきゃ駄目《だめ》か？」

「うん、駄目だよ。だって、リーフが知りたいんだもの」

リーフは無邪気《むじゃき》な笑顔でそう言った。

「へ～～～、そんなことがあったんだ」

レクトからどうにか真相《しんそう》を聞きだし、リーフは納得《なっとく》したというふうに大きく頷《うなず》く。もし、館長の証言《しょうげん》が本当ならば、たしかにヒャッカが怒っても仕方ない。

何故《なぜ》なら、ケリポット図書館の三一人しかいない会員、それがついさっき三〇人になってしまったのだから。しかも、その原因《げんいん》というのが――

「仕方ないだろ。真実を確かめないと、気になって夜も眠れなくなりそうだったんだから」

「それで夜に寝ないで、昼間にお昼寝するんだよね」

「よくわかったな、リーフ」

「へへ――――、レクト君のことならリーフにお任せだね」

ちょっと得意《とくい》そうにリーフは胸を張り、

「でも、いくらカツラっぽくても、それを確かめちゃうのはやりすぎかもね」

「だけど、ほんとにカツラだったんだぞ」

つい先刻《せんこく》に蔵書を返却《へんきゃく》するために立ちよった男性会員、その髪の毛がどうも偽物《にせもの》っぽいと思ったレクトが、真偽《しんぎ》を確かめるために髪の毛を引っ張った。

そうしたら髪は丸ごと、見事にずるっと落ちてしまった。これだったら、まだレクトの勘違《かんちが》いという方が笑い話ですんだだろう。

だけど、笑い話で終わらせられない真実に、男性会員は茹蛸《ゆでだこ》みたいに顔を真っ赤にして怒《いか》り狂《くる》い、騒《さわ》ぎを聞きつけてやってきたヒャッカに迷《まよ》うことなく図書会員からの脱会《だっかい》を宣言《せんげん》した。

しかも、その間ずっと館長はカツラを摑《つか》んで、笑い転げていたらしい。

「まあ、私も笑いを堪《た》えるのに苦労《くろう》しましたがな」

とは一部始終をカウンターの中で目撃《もくげき》していたコンラッドの証言《しょうげん》だ。

「でも、どーするの？　このままだとずっとヒャッカちゃんは怒ったままだよ」

「そいつはかなり居心地《いごこち》悪そうだ」

話題の彼女にサングラスを壊《こわ》されて、素顔《すがお》のレクトは何げなく顔を撫《な》でる。普段あるものが

なくて、どうにも落ち着かないらしい。しばらく、何かを考えるように天井《てんじょう》近くに視線を漂《ただよ》わせていたが、そのうちに、にたっとろくでなしな笑みを浮かべると、

「でも怒ってる間は口きかないってことは、仕事サボってもあいつに叱られないってことか。つまりはサボり放題《ほうだい》の、遊び放題。そいつはちょっといいかもな」

思いきりダメダメな発言《はつげん》を戯《ふざ》けた口調《くちょう》で言い放つ。

そんな館長にむかって、リーフは肩をすくめると、

「まったく、レクト君はろくでなしの駄目館長だね」

明るい笑顔で、ヒャッカの口癖《くちぐせ》を真似《まね》してみせた。

セントラル・エッジ・ストリート

グーデリア市の中央を南北に貫《つらぬ》く、セントラル・エッジ・ストリート。その通りの片隅に建っているケリポット図書館の前で悪巧《わるだく》みをする二人組の姿があった。

「くくく、こいつを使ってケリポットに一発ギャフンと言わせてやるのだ！　なあ、弟よ」

「まったくもってその通り！　我らベトノワール一の切れ者と称《しょう》されるレーベン兄弟の策略《さくりゃく》でケリポットなどイチコロだ」

図書館の正面玄関前で声もひそめずに、何やら赤茶けた本を手にもって、堂々と謀略《ぼうりゃく》を口に

するネズミが二匹。正確には、灰色《はいいろ》のドブネズミのきぐるみを被《かぶ》った変態《へんたい》が二人ほどチューチューうるさく喚《わめ》きながら、たむろしていた。ちなみに、ベトノワール一の切れ者とはベトノワール図書館で一番、頭の配線《はいせん》がぶち切れた社会不適合者《しやかいふてきごうしや》、というのが世間一般での定評《ていひよう》だ。

そんなネズミ二匹の背後から、そっと誰かの影《かげ》が忍《しの》びより、

「ここで何をやってるんですか？」

風のない日の湖面《こめん》のように平坦《へいたん》で、感情《かんじよう》のない声で話しかけてきた。

後ろからの声に、レーベン兄弟は振りむきもせずに、

「「ははは、今日は機嫌《きげん》がいいから特別に教えてやろう」」

兄弟ならではの呼吸《こきゆう》の合ったところを見せつけて、一言一句《いちごんいつく》、意味もなくハモりつつ、

「「ケリポットにあるDDDとかいう、おんぼろの分際《ぶんざい》で何やら大事な本を、この外装《がいそう》だけはそっくりのと掏《す》り替《か》えてやるのだ。しかも、我らネズミ小僧なレーベン兄弟にかかれば、計画は成功間違いなしだ。というより、むしろ既《すで》にミッションコンプリートで、作戦は完了したも当然だ」」

「……それは随分と面白そうですね」

レーベン兄弟があっさり暴露《ばくろ》した姦計《かんけい》に、さきほどよりも五度ほど冷めた声が答える。

が、そんなことに気付きもしないきぐるみマニアたちは調子に乗って、

「ははは、ケリポットの奴らの困った顔を想像《そうぞう》するだけで笑いが止まらん。なあ、弟よ」

「ははは、まったくだ。このままでは笑いすぎで腹が捻《ねじ》れて笑死《しょうし》してもおかしくないぞ。なあ、兄よ」

「とくに、あの我らをよく魔法で吹き飛ばす暴力《ぼうりょく》、横暴《おうぼう》、滅殺《めっさつ》女などは悔《くや》しがって、じたんだ踏むぞ。なあ、弟よ」

「うむ、きっとあやつの悔しがる顔を見たら、さぞかし爽快《そうかい》、痛快《つうかい》、通勤《つうきん》だろう。なあ、兄よ」

ネズミなレーベン兄と弟がうっとうしいぐらいに仲良さそうに肩を組む。それからぴたりと声を揃《そろ》えて、

「「ああ、それと我らの計画はケリポットの連中には内緒《ないしょ》だぞ。びっくり、どっきり、ぽっくりさせねばならないからな」」

「それは無理かと」

レーベン兄弟の後ろで、とても、とても残念そうに誰かが首を横に振る。

「「それはいったい、どうしてだ？」」

「ここに私がいるからです」

氷点下《ひょうてんか》まで下降《かこう》した冷たい声を耳に流しこまれ、ネズミ二匹は凍《こお》ったようにぴたりと硬直《こうちょく》してしまう。それから空々《そらぞら》しい視線《しせん》で互いを見つめると、

「……どっかで訊《き》いた声がするな。だが、おそらく気のせいだろう。なあ、弟よ」

「うむ。多分、おそらく、きっとこれは空耳《そらみみ》だろう、なあ兄よ」

「空耳かどうかは、振り返ってみればわかります」

背中に投げかけられた、あたかも死刑宣告《しけいせんこく》のような無慈悲《むじひ》で、冷たい女性の声。だが、逆らうこともできずにレーベン兄弟が恐る恐る体ごと後ろをむけば、

「それと先ほどの暴力振るって、横暴で、ついでに滅殺な女とは誰のことでしょう？　とても興味があるのですが」

燃《も》えるような赤い髪から尖《とが》った耳をぴんと伸ばし、口をへの字に結び、何故《なぜ》だか知らないがいつもの三倍は確実に不機嫌《ふきげん》そうなエイラク・ヒャッカがそこにいた。

胸元《むなもと》できっちり腕を組み、物理的《ぶつりてき》に穴が開きそうなほどキツイ視線でこちらを睨《にら》んでいるヒャッカに、レーベン兄弟は猫とばったり遭遇《そうぐう》してしまったネズミのように、だらだら額《ひたい》から汗を垂《た》らす。

おそらく、彼らにとっての不幸《ふこう》は館長と喧嘩《けんか》した直後《ちょくご》で最低、最悪の気分のヒャッカと出会ってしまったことだろう。

怯《おび》えたように動けないネズミ二匹を見て、ヒャッカが口元を軽く釣《つ》り上《あ》げ、にこっと微笑《ほほえ》む。

その瞬間、本能的《ほんのうてき》に危険を察知《さっち》した兄弟は、くるりと反転《はんてん》すると、

「『我らは急に用事を思い出したぞ。では、さらば！』」

きぐるみの短い足で、一目散《いちもくさん》に駆《か》けだした。だが、その背中にむかって、

「逃がすか、このきぐるみマニア！」

ヒャッカは両手を掲《かか》げ、狙《ねら》いを定《さだ》めると、

「風の章・第四の神畏《しんい》――――」

躊躇《ためら》いもなく、魔術を発動《はつどう》。

突風《とっぷう》がヒャッカを中心に吹き荒れて、ジャケットが歪《ゆが》み、十数ページの古びた紙切れが風に舞い散り、

「伝承《でんしょう》にありしは荒《あら》ぶれる風の王」

術者の心情《しんじょう》を反映《はんえい》するかのように、全身を金属鎧《きんぞくよろい》で覆《おお》った風の暴君《ぼうくん》が苛立《いらだ》ったような重低音《じゅうていおん》の唸《うな》り声《ごえ》をあげて具現化《ぐげんか》される。

「――その拳《こぶし》をもって愚者《ぐしゃ》を撃《う》ちぬかん！」

そして、詠唱《えいしょう》の最後の一節とともに風の暴君は拳を振り上げ、それを力任せに必死に逃亡《とうぼう》をはかる獲物《えもの》にむかって振り下ろした。

「『のわぁぁぁ――――！』」

風切るような裂音《れつおん》とともに放たれた一撃はレーベン兄弟の背中を直撃《ちょくげき》し、悲鳴までそっくりに彼らはストリートに叩《たた》きつけられる。衝撃《しょうげき》に背中を押され、その拍子《ひょうし》に手に持っていた赤い偽物《にせもの》を手放す。そして、そのままゴム鞠《まり》のように石畳《いしだたみ》の上をごろごろ転《ころ》がり、何十回目かでようやく止まる。

「生きてるか、弟よ」

「うむ、なんとかな。ただ、世界がくるくる回っているぞ」

転がりすぎて目が回り、石畳に寝転がったままレーベン兄弟が弱々《よわよわ》しい声で会話する。

とそこに、カッカッと規則《きそく》正しい足音が近づいてきて、兄弟の間近《まぢか》で止まる。

「目立った外傷《がいしょう》はなしですか。やはりあなた方は頑丈《がんじょう》ですね」

土埃《つちぼこり》で薄汚《うすよご》れ、毛のない尻尾《しっぽ》も半ばで切れて、目の部分に縫《ぬ》い付《つ》けられていた黒いボタンがだらりと垂れ下がる、惨《みじ》めな姿に成り果てたネズミのきぐるみ。しかし、その中にいるレーベン兄弟は殆《ほとん》ど無傷《むきず》で、せいぜいがきぐるみから露出《ろしゅつ》していた顔に擦《す》り傷《きず》があるぐらいだ。

そんな彼らを見下ろして、ヒャッカは思案するように目を細め、

「それでは次はどうしましょう？」

脅《おど》かすように言い放つ。

その言葉に、己《おのれ》の運命《うんめい》を悟《さと》ったかのようにネズミのきぐるみは、ボタンの目を怯《おび》えたようにゆらゆら揺《ゆ》らす。

がその時、ヒャッカの横にストリートの彼方《かなた》から疾走《しっそう》してきた一台の辻馬車《つじばしゃ》がかなり乱暴《らんぼう》に横付けされた。そして、ギルドの登録番号――一一〇二八九が刻《きざ》まれたプレートを御者台《ぎょしゃだい》に貼《は》りつけた馬車には、きぐるみにとっての救いの女神が乗っていた。

地味なグレーのスーツ、ガラス眼鏡《めがね》の若い小柄《こがら》な女性――シー・シモンズは馬車の座席から

あわあわしながら身を乗り出すと、

「大変です、大変です、大変なんでっあう！」

タラップから足を滑《すべ》らせ、馬車から転《ころ》がり落ちてしまう。救いの女神はかなりのドジであるらしかった。


「大丈夫ですか？　あなたはもう少し足元に気を配《くば》った方がいいと思います」

ヒャッカが忠告《ちゅうこく》しながら、馬車から転がり落ちたシモンズを助け起こすように手を差し伸べる。その手をシモンズは転んだ拍子《ひょうし》にちょっとずれた眼鏡ごしに上目遣《うわめづか》いで眺《なが》めながら、

「あぅ、ありがとうございます。でも、眼鏡だと足元はけっこう死角《しかく》で、そのせいで転びやすいんですよ」

「そうなんですか？」

「はい、そうなんです」

眼鏡をかけていないヒャッカにはぴんとこない話だ。だけど、眼鏡をかけている人間はよく転ぶ、という話は聞いたことがない。きっと、シモンズだけの特性《とくせい》だろう。

そんなことを考えながらシモンズの手を握《にぎ》り、彼女の体を石畳から引き離す。

その最中に視界の端《はし》に騒《さわ》ぎに乗《じょう》じて逃げだそうとするレーベン兄弟の姿があった。

これからずっとは無理でも、二、三日はケリポットに寄りつかないように、もう少し脅かし

てやる予定だったが、突然の来客《らいきやく》のせいで予定のままで終わりそうだ。

ヒャッカは少し残念そうに溜息《ためいき》を吐《つ》き、それから兄弟が路上に赤い贋作《がんさく》を放置《ほうち》したままなのに気付き、

「大事なニセモノを忘れてますよ」

こっそり立ち去ろうとしていたネズミたちに皮肉《ひにく》をこめて声をかける。

ネズミの兄弟はびくんと怯えたように一瞬だけ立ち止ったが、

「ははは、そいつは貴様《きさま》にくれてやる。だが、次はこうはいかぬぞ。第二、第三の謀略《ぼうりやく》を引っさげて我らレーベン兄弟は必ず戻ってくるだろう。では、さらば！」

こんな時までハモった声で負《ま》け惜《お》しみを残して一気に走り去ってしまう。

「まったく、ベトノワールでは本を大事に扱《あつか》うように教育してないんですか」

置き去りにされた、哀《あわ》れな偽物をヒャッカは拾い上げる。その装丁《そうてい》についた汚《よご》れを、手で軽く叩いて払い落としてやった。改めてシモンズに顔をむけて、

「それで、何が大変なんですか？」

「そうでした、大変なんです！」

馬車から落ちた衝撃《しょうげき》で、すっかり大変なことを忘れていたシモンズは、また慌《あわ》てふためきヒャッカに詰めよる。

「だから、何が大変なんですか？」

「大変が大変で、大変なんです」

「できれば深呼吸《しんこきゅう》でもして少し落ち着いてから喋《しゃべ》って下さい。でないと何が大変か全然わかりません」

「はい、あの、えっと深呼吸が大変で、じゃなくて……」

「まずは深呼吸です。それから用件を言ってください。慌てるのはそれからでも十分できます」

「は、はい！　わかりました」

ヒャッカの冷静《れいせい》な指示にあたふたと従って、シモンズは大きく深呼吸を一つ、二つとする。

すると、まだいくらか落ちつかない口調で、

「えっと、その、メアリーさんがレティって人に誘拐《ゆうかい》されちゃったんです！　それで身柄《みがら》はDDと引き換えだって！」

「……ああ、たしかに大変ですね」

事の重大さにヒャッカは眩暈《めまい》にも似《に》た幻痛《げんつう》をこめかみに感じ、指を添《そ》える。

レーベン兄弟ではないが、たしかに世界は廻っていた。

ケリポット図書館　閲覧室

「なかなかに精巧《せいこう》な贋作《がんさく》ですな」

ケリポット図書館の閲覧室《えつらんしつ》で、ほぉっと感嘆《かんたん》するようにコンラッドが溜息《ためいき》を吐《つ》いた。彼の視線の先には二冊の古ぼけ、赤茶けた本があった。一冊はＤＤＤ、そしてもう一冊はレーベン兄弟がさきほど置き去りした偽物《にせもの》だ。一瞥《いちべつ》しただけでは、図書館職員として書物に慣れ親《な》《した》しんでいるコンラッドにも見分けがつかないほど二つは酷似《こくじ》していた。

ふわふわと宙に浮く右手でコンラッドは贋作を手に取ると、その装丁《そうてい》の感触《かんしょく》を確かめるように左手で撫《な》で、そして彼なりの評論を垂《た》れる。

「装丁の布地や綴《と》じ紐《ひも》には、ＤＤＤと同じ材質《ざいしつ》、同年代のものが使われてます。中のページは仔牛皮紙《こうしがわし》でなく羊皮紙《ようひし》なのが残念ですが、それは製作費《せいさくひ》との兼ね合いでしょうな。最低限の妥協《だきょう》で、最大限の効果《こうか》。これはおそらくワーティィール・ストリートの路地裏《ろじうら》に店を構《かま》える専門家による作品でしょう」

「つまりは贋作製作のプロの作品ってことか」

コンラッドの話を椅子《いす》に座って聞いていたレクトがなんだか嬉《うれ》しそうに口を挟《はさ》む。十回に九回は嘘《うそ》をつく、嘘好きな彼は贋作という嘘の産物《さんぶつ》に興味をひかれたらしい。

「確証はありませんが、おそらくは」

ギブスで補強《ほきょう》された首でカクンとコンラッドは頷《うなず》く。それから無念そうに厳《いか》つい顔を顰《しか》めながら、

「惜《お》しむらくは外装だけの代物《しろもの》で、中にはまったく手が加わっていないことでしょう」

酷似した偽物の装丁とは異なり、まったく加工《かこう》が施《ほどこ》されていない白紙のページをぺらぺらと捲《めく》る。そして、なかほどのページで手が止まる。

そこには走り書きのような一文があった。

「これは製作者の署名《しょめい》だな。『これぞ偽物。されど真実。我は真実の偽物を造る者なり――R・H・クラフト』か」

その文句をレクトは声に出して読んでみせる。さらにその下に小さな文字で『我が言葉は全て偽物、我が言葉に真実はなし』と書かれているのを見つけて、

「なんだか、こいつとは友達になれそうな予《よ》感《かん》がするぞ。是非《ぜひ》とも、全世界嘘つき協会の会員に推薦《すいせん》したい逸材《いつざい》だな」

「ほお、世界は広いですな。そのようなものが存在するとは、過分《かぶん》にして知りませんでした」

コンラッドが感心《かんしん》したように唸《うな》ってみせれば、レクトはにっと惚《とぼ》けた笑みをつくって、

「当たり前だ。嘘だからな」

「これは見事に騙《だま》されましたな」

「ああ、見事に騙したぞ」

レクトとコンラッドは互いの目を見ながら、仲良さそうに笑う。彼らを中心にのんびりとした空気が閲覧室に漂いだす。だが、ヒャッカが横からばんっと机に平手をうちつけ、

「何を暢気《のんき》に笑ってるんですか！」

穏《おだ》やかな空気をきれいさっぱり吹き飛ばし、

「今はそんなことを話してる場合じゃないでしょう、か、かん……じゃなくて、コンラッド」

レクトとコンラッド――主に館長を睨《にら》みつけ、ヒャッカは叱《しか》り飛ばそうとする。だが、彼女は直前で館長のことを怒っていて、絶対に口を聞いてやらないと勝手に自分で決めていたことを思いだし、とっさに矛先《ほこさき》を変える。

名指しで叱られた厳《いか》つい体格のゴーレムは、若干《じゃっかん》の不満《ふまん》を表現するように眉をひそめ、

「私だけが怒られるのは、何やら理不尽《りふじん》な気がしますな」

「あ～～あ、やっぱりヒャッカちゃん、本気で怒ってるね」

少し離《はな》れた椅子に座って、状況を観察《かんさつ》していたリーフは困ったように呟いた。だが、そんな老人と子供のぼやきを強引《ごういん》に聞き流し、

「細《こま》かいことはどーでもいいんです。それよりも今はメアリーさんの誘拐《ゆうかい》された一件を解決《かいけつ》するのが優先《ゆうせん》です」

「えっと、私もそうして貰《もら》えると助かります」

メアリー・ガードナーが病院から誘拐された、という情報をケリポットに伝えたシモンズも横からちょっと遠慮《えんりょ》した様子で口を挟《はさ》む。

誰が犯人かはわかっている。その目的も。

「メアリーさんを誘拐したのは、クラックス・レティ。彼女は病院のベッドに手紙を残していきました。彼女を無事に帰してほしくば——」

話を纏《まと》めるようにヒャッカが喋っていると、レクトが割りこんで、

「ＤＤＤと交換《こうかん》ってとこだろ。あっちもだんだん手段を選ばなくなってきたな」

「…………」

話の腰《こし》を折られ、ヒャッカはむっとしたように頰《ほお》をふくらませる。だけど、それだけで何も言わずに、視線も合わせない。

そのあからさまに拒絶《きょぜつ》を示す対応《たいおう》に、レクトは軽く肩をすくめて苦笑《にがわら》いする。

「ねえ、ヒャッカちゃん。お手紙には、おばあさんはＤＤＤと交換《こうかん》だって書いてあったの？」

レクトの言葉をなぞるようにリーフが言えば、ようやくヒャッカは頷《うなず》いて、

「はい、そうです。それと、彼女が誘拐されたことは、ここにいる者しか知りません」

「病院の連中は気付いてないのか？」

「…………」

「ねえ、病院の人たちは、おばあさんが誘拐されたこと知らないの？」

「はい、そうです。病院ではメアリーさんの誘拐を知りません」

ベッドに置かれた手紙を最初に見つけたのは、お見舞《みま》いに行ったシモンズだった。手紙を読んだ彼女は、適当《てきとう》な言い訳――

「おばあさんは自分の出舎《いなか》でしか味わえない、ゲロンとマッチの重《かさ》ね焼《やき》を発作的《ほっさてき》に食べたくって病院を脱走《だっそう》しました、って言っておいたから、ばっちしです」

……かどうかはかなり疑問な言い訳で病院を混乱《こんらん》させて、そのままケリポット図書館にやってきた。今頃《いまごろ》、グーデリア駅の周辺でも市立病院の職員が脱走《だっそう》した患者を捜索《そうさく》していることだろう。

ただ、病院に誘拐の事実を知らせなかったことは正解《せいかい》だったかもしれない。手紙には自警団《じけいだん》に誘拐のことを通報《つうほう》したら人質の無事《ぶじ》は保証《ほしょう》できない、というお決まりの台詞《せりふ》も書かれていた。

病院が誘拐を知ったら、かなりの確率《かくりつ》で自警団に通報《つうほう》してしまうだろう。それが悪いとは言わないが、今はまだ選択肢《せんたくし》の一つに留《とど》めておきたい。知らせてしまえば、もう後戻《あともど》りはできない。黒と交わり灰色になってしまった白は、二度と白には戻れないように。

「なるほどな。それだと、メアリー嬢《じょう》が誘拐されたことを知ってるのは、ここにいる五人だけってことか」

「…………」

人間も、マガイモノもごちゃまぜに五人と称《しょう》し、レクトが言う。だが先ほどと同じようにヒャッカは口をへの字にして黙《だま》ったままだ。

「へ～～、そうなんだ。じゃあ、五人で頑張《がんば》らないとね」

「はい、そうです」

レクトの言葉をリーフが代弁《だいべん》して、ヒャッカはようやく口を開く。へそ曲がりな世話係を見て、リーフはやれやれと呆《あき》れた顔になる。

そんな奇妙《きみょう》で、居心地《いごこち》の悪い構図《こうず》に気付いたシモンズは、おどおどした様子で発言許可《はつげんきょか》を求めるように片手を上げて、

「あの、その、もしかしてレクトさんとヒャッカさん、また喧嘩《けんか》でもしたんですか？」

「いいえ、私は誰とも喧嘩なんてしてません」

「でも、その……」

「わかりましたか？」

「……はい、よくわからないけど、わかりました」

迫力《はくりょく》のこもったヒャッカの言葉に押しきられ、納得《なっとく》しきれず、だけどシモンズは首を縦に振っていた。

「……そうです、私は誰とも喧嘩なんてしてません」

もう一度、今度は自分に言い聞かせるように小さくヒャッカは呟《つぶや》いた。

そう、喧嘩はしてない、ただ会員を無駄《むだ》に減《へ》らした館長に対して怒っているだけだ。口を聞

かないで、無視《むし》して、すごい子供っぽいことをやっているのはわかっている。前には、これでリーフを泣かせてしまった。だけど、館長のやったことは絶対に許《ゆる》せないし、こういう性格なんだから仕方ない。

ヒャッカは開き直って、それでも少しだけ気になって館長の顔をこっそりと見る。サングラスのないレクトは、なんだか別人《べつじん》みたいだった。普段は隠されている青紫の瞳が露《あら》わなせいで、少しだけ初代館長に重なって見える。そういえば、あの時、サングラスを踏んで、壊してしまった。わざとではないが、さすがにやりすぎたかもしれない。

少しの後悔《こうかい》がヒャッカの胸をよぎった、その時。レクトが不意にこちらをむいて目が合ってしまう。館長は視線を絡《から》めたまま、にっと惚《とぼ》けたように微笑《ほほえ》んでみせた。

ヒャッカに対し、敵意《てきい》もなく、非難《ひなん》もなく、怒《いか》りもなく、寂《さび》しさもなく、ただ惚けるような曖昧《あいまい》な笑《え》み。サングラスがなくても、その下の感情がまったく読めない表情だった。ただ、どこか懐《なつ》かしい、不思議と心ひかれる微笑みだった。

一瞬で心に焼きついてしまった、その表情を振り払うように、

「とにかく今、私たちがなすべきことは決断《けつだん》です！」

絡んだ視線を引き離し、目の前にある問題を提示《ていじ》する。すると、コンラッドが追随《ついずい》するように言葉を重ねる。

「そうですな。犯人の要求《ようきゅう》に従って、大人しくＤＤＤを引き渡すか。それとも他の手段を考え

て、ガードナーさんを救出《きゅうしゅつ》するか。はたまた自警団に通報し、ケリポットはこの一件から手を引くか。指針《ししん》を決めなければ、動くこともできませんからな」

「今のところ、クラックス・レティから取引の場所や時間の指定はありません。ですが、誘拐されたメアリーさんの安全を考えるとＤＤＤとの交換《こうかん》も止むをえないかと」

もともとあの赤い童話はメアリー・ガードナーのもので、ケリポットは預《あず》かっているだけだ。

どうしてレティがＤＤＤを望むのかは、知らない。だが、そんなことに関係なく持ち主の安全と一冊の本、どちらかを選べと言われたら、悔《くや》しいが前者を選ぶしかない。自警団に通報するのも一つの手だが、ケリポットの館長が現在逃亡中の犯罪者という事情《じじょう》を考慮《こうりょ》すると、なるべく避《さ》けたい選択肢だ。

そんなヒャッカの考えにまっこうから反対するように、

「そんなのつまらないだろ。俺だったら悪のアジトを突き止めて、捕《と》らわれのお姫様《ひめさま》を助けだすって選択肢を選ぶけどな」

館長が無責任《むせきにん》な発言《はつげん》をし、それをわずかな間ですっかり手馴《てな》れた感じでリーフが世話係むけに翻訳《ほんやく》する。

「ねえ、ガードナーさんが捕《つか》まってる場所を探して、リーフたちで助けちゃうって方法はどうかな？」

「無駄《むだ》で、無謀《むぼう》で、無責任な提案ですね。第一、どうやってメアリーさんが捕まっている場所を特定《とくてい》するっていうんですか」

視線はリーフに固定《こてい》して、だけど言葉の行き先は館長にして、ヒャッカは戯《ふざ》けた提案を却下《きゃっか》する。ケリポットは図書館であって、自警団や軍警察のような治安維持組織《ちあんいじそしき》ではない。場所さえ特定できれば、あとは不意《ふい》打ちと力押しでどうにかなるのかもしれない。だが、老婦人が捕《と》らわれてる場所を特定できなければ意味がない。

「その方法があるって言ったらどうする、ヒャッカ？」

発言の内容と不意打ちで呼ばれた名前に反応し、思わずレクトと視線を合わせ、

「本当ですか、館長！」

彼を名指ししてしまいヒャッカはしまった、というふうに顔を顰《しか》める。慌てて視線を外そうとした。だけどそれより早く館長は惚けた笑みを浮かべて、

「ああ。これは嘘じゃないぞ、ヒャッカ」

彼は彼女の名前をもう一度口にした。

アルバルド・ストリート　二一－四

イーストタウンにあるアルバルド・ストリート　二一－四。そこには木造の一軒屋《いっけんや》が建っていた。その一室の扉《とびら》が開いて、

「はいはい〜〜〜、お茶の時間ですよ」

トレイにティーセットを載《の》せたレティが部屋の中に入ってくる。後ろ手で扉の鍵《かぎ》を閉めると、窓際《まどぎわ》の椅子に座ったガードナーは視線をむける。老婦人《ろうふじん》は膝《ひざ》の上に載せたノートに走らせていたペンを休め、

「ちょうど喉《のど》が乾《かわ》いてたところだよ、嬉しいね」

「おや、なに書いてるんですか？」

レティはティーセットを机に乗せながら、老婦人の膝の上にあるノートに興味をもって尋《たず》ねる。すると、ガードナーは微苦笑《びくしょう》しながら、

「日記みたいなものだよ、ずっと昔にあった出来事を書《か》き綴《つづ》ったね」

「へ――――、そうなんですか。なんだか、ちょっと読んでみたいかもです」

「駄目《だめ》だよ、こんなの読まれたら恥《はず》かしいからね」

そう言って、老婦人は照《て》れくさそうにぱたんとノートを閉じてしまう。レティはちょっと残念そうに瞳を揺《ゆ》らめかせた。

「おばあさんはケチケチですね」

「よく言われるよ、この歳《とし》まで生きるといろいろとね」

お喋りしながらお茶の準備をする少女と、それを椅子に座って見守る老婦人。なんだか和《なご》やかな雰囲気《ふんいき》を漂わせ、一見すると孫《まご》と祖母のようにも思える。しかし彼らは誘拐犯とその人質《ひとじち》

だったりする。

「はい、どうぞ。お口にあったりしたら嬉しいです」

「悪いね、面倒《めんどう》かけちゃって」

準備を終えて、湯気《ゆげ》のたつ紅茶をもってきたレティに老婦人は礼を言う。

「いえいえ、悪いのはこっちですから遠慮《えんりょ》なんかしちゃ駄目です。いきなり誘拐して、裁判なんかしちゃったらこっちは弁護《べんご》の余地《よち》もなく悪者なのですから」

「まあ、看護師《かんごし》の服を着たあんたが病室にやってきて、シーツでぐるぐる巻きにされた時はたしかに驚《おどろ》いたけどね」

「あはは――、それはごめんなさいです。でも、老い先短いおばあさんが誘拐されたショックで心臓《しんぞう》がびっくり、そのせいでぽっくりご臨終《りんじゅう》コースに直行しなくてよかったです。そんなことになったら、人質がいなくなって困ったところですし」

明るく本音で語るレティに、ガードナーは苦笑しながら、

「あんたもバカ正直だね。とても図書館に潜《もぐ》りこんで本を盗《ぬす》もうとしたり、誘拐したりする人間には見えないね」

見えない、というよりはむいていない気がする。

部屋は三階にあり窓から逃げだすことはできず、扉にも外から鍵がかけられている。だが、部屋にいる限りは自由に動けるように束縛《そくばく》もされていない。ガードナーが持っているノートと

ペンも、彼女が要求し、レティが取《と》り揃《そろ》えたものだ。これなら病室のベッドにいるのと大して変わらない。

それに、どうにも誘拐犯という単語《たんご》から連想《れんそう》されるイメージと、この少女は一致《いっち》しない。むしろ、無警戒《むけいかい》な性格で誘拐するよりも、される側のような気がする。

「ところで、なんで誘拐なんてしたんだい？　ＤＤＤなんて私が言うのもあれだけど、ただのおんぼろの本だよ」

まあ、私にとっては大事なモノだけどね、とメアリーは最後に小さく付け足す。彼女以外の人間にとって、誘拐というリスクとＤＤＤというメリットが釣《つ》り合うとはとうてい思えない。なのに、現実には自分はこうして誘拐されている。

その質問にレティはちょっと困ったように首を傾《かし》げて、

「う～～ん、私はマスターの命令《めいれい》に従ってるだけだから、詳《くわ》しいことはよく知らないんですよ」

「じゃあ、命令だからって素直に誘拐なんかしたのかい？」

「はい、そうですよ」

レティはこくんと頷いて、ちょっと照れたように頭を掻《か》いて、

「私って忘れっぽくていろいろと大事なこととか忘れてるんですよ。そのせいで自分で考えたりするのも苦手《にがて》で、命令されて、その通りに動く方が楽なんです」

そう、レティはいろいろなことを忘れている。何か大事なことを忘れているのはわかってい
る。だけど、何かはわからない。
その大事な記憶《きおく》の分だけ心に空白《くうはく》があって、生きているために大切なものが欠けている。今
の御主人様は、その欠けた心を埋めてくれる大切な人だ。だから、その人の命令だったら、何
にでも従いたい。
難《むずか》しいことを考えると眠くなってしまうけど、そう思う。
「どうしたんだい、ぼうっとしちゃって？」
ガードナーの声ではっと我に返ったレティは、誤魔化《ごまか》すように陽気《ようき》に笑って、
「あはは、すみません。なんだか立ったまま寝てたみたいなのです」
「器用《きよう》な子だね」
「はい、手先は器用です。あやとりも得意だったりします。あっ、そういえば前にマスターが
言ってたこと思い出した」
「なんだい？」
「マスターはこの世界が嫌《きら》いで、壊したいんです。それでＤＤＤっていう赤い童話は、そのお
願いを叶《かな》えてくれる魔法の本なんだそうです」
「世界を壊すね……、あのおんぼろにそんな力があるとは思えないけど。だけど、あんたはそ
れでいいのかい。世界が壊れたら、あんただって死んでしまうんだよ」

「マスターと一緒《いっしょ》にいられないのはちょっと寂《さび》しいですけど、それが望《のぞ》みなら叶えてあげたいです」

「やれやれ、そいつは難儀《なんぎ》だね」

まったく何も考えずに即答《そくとう》したレティを見て、老婦人は疲《つか》れたように溜息《ためいき》を洩《も》らす。

世界を殺して、他人を殺して、自分も殺す。ずいぶんと手のこんだ自殺を企《たくら》む人間と、その願いを知ってもなお、願いを叶えるために付き従う少女。どちらもややこしい性格だ。

溜息を吐くガードナーを見て、レティはにこっと明るく笑って、そして、言う。

「難しいこと考えるのは苦手《にがて》だけど、今が幸せなら別にいいかなって思うんですよ。命令されたことをちゃんとこなせば誉《ほ》めてくれるし、捨てられたりもしませんから。きっと、これが私の生き方なんです」

「そんなものかね。おや、この紅茶は美味《おい》しいね」

気分転換《てんかん》に紅茶に口をつけたガードナーは、顔をほころばす。すると、誉められて気をよくしたレティが嬉しそうにテーブルの上に置かれたトレイに視線を移し、

「それはよかったです。あっ、そうだ。お茶菓子《ちゃがし》もあるん……」

言いかけた、その時。部屋の外から凜《りん》とした声がした。

「風の章・第四の神畏《しんい》――――」

鈴を鳴らし、詠《うた》うような声。

「――患者を撃ちぬかん」

それが途切《とぎ》れた瞬間、ドコンっと空気が破裂《はれつ》するような音がして、いきなり部屋の扉が幾《いく》つもの破片《はへん》に砕《くだ》けて、吹き飛んだ。

「あ、あああ――、せっかく焼いたクッキーやスコーンが台無しです！」

飛んできた扉の破片がテーブルを直撃し、その衝撃でお茶菓子を載せたトレイが床に落ちてしまう。

床に落ちて、全滅《ぜんめつ》してしまったお茶菓子たちを見て、レティは情《なさ》けない悲鳴を上げる。それから、扉のあった場所をきっと睨んで、抗議《こうぎ》するように、

「酷《ひど》いです、今日のは自信作だったのに。それをこんなにしちゃったのは誰ですか！」

「私です」

答えは部屋の外――木張りの廊下から返ってきた。

燃えるような赤髪《あかがみ》のちょっときつめだが、整《ととの》った風貌《ふうぼう》、細身の体には色鮮《いろあざ》やかな旗袍《チーパオ》を纏《まと》った少女。両手を前に掲《かか》げ、発動した魔術の余韻《よいん》を現すように、風が渦巻《うずま》き、さきほどまで十数枚の紙切れだったジャケットはゆらゆら陽炎《かげろう》のような揺らぎを見せていた。

ケリポット図書館のマガイモノ――エイラク・ヒャッカがそこにいた。予期《よき》せぬ来訪者《らいほうしゃ》にレティは驚いたように息を飲み、

「あ、あなたは……！」

ちょっと困《こま》ったように首を傾げて、

「えっと、誰ですか？」

その間の抜《ぬ》けた質問に、ヒャッカはガツンと壁に頭をぶつけて、

「覚えてないんですか！　ケリポット図書館のエイラク・ヒャッカです。あなたとは二回も会ってます！」

嚙《か》みつくように抗議する。ついでに、壁にぶつけた額《ひたい》がちょっと赤くて痛そうだ。

「あっ、思い出しました。すみません、私、自慢《じまん》じゃないけど忘れっぽくて」

ぽんっと手を打ち鳴らし、ようやく納得したというふうにレティが晴れ晴れとした顔になる。

だが、すぐに、腑《ふ》に落ちないように首を傾げて、

「でも、どうしてここがわかったんですか？　この隠《かく》れ家《が》のことはマスターと私以外は誰も知らないはずなのです」

この木造住宅《もくぞうじゅうたく》はグーデリアに幾つかある隠れ家の一つで、主にレティが単独行動《たんどくこうどう》する時に使っている。以前、会員希望者としてケリポットに乗りこんだ時もここから出発して、ここに戻ってきた。だけど、尾行《びこう》の気配《けはい》はなかった。

「クラックス・レティ、グーデリアには乗り合い馬車のギルドがあって、そこに所属する馬車は登録《とうろく》ナンバーのついたプレートを装着《そうちゃく》することが義務《ぎむ》づけられています」

「へ～～～、そうだったんですか」

「あなたがケリポットを訪《おとず》れた時に利用した馬車にも、もちろんその登録ナンバーが刻まれたプレートがつけられていました」

その登録ナンバーさえ覚《おぼ》えていれば、あとはそのギルドに問い合わせて、ナンバーの合致《がっち》する馬車とその御者《ぎょしゃ》に聞きこみをすればいいだけの話だ。そして、忘れっぽいレティとは裏腹《うらはら》に、ケリポットには一度見たモノは絶対に忘れることのできない目をもつ人間がいる。

さらにケリポット図書館の二階から飛び降りて、逃げるようにこの住所まで馬車を走らせた奇妙《きみょう》な女性客のことを御者がよく覚えていたのも運が良かった。

「なるほど、そういうことですか。ケリポット侮《あなど》りがたし、なのです」

その種明《たねあ》かしに感心《かんしん》したようにレティが呟く。だが、これで終わりではなかった。

ヒャッカはじろりとレティを睨《にら》む。そして、もしここに彼女が居たら絶対に言ってやろう、と決めていた言葉を口する。

「……というか、あなたはバカでしょう」

「ど、どーしてそういうこと言うんですか。バカって言った方がバカなんですよ」

いきなり直球《ちょっきゅう》な悪口を言われて、怒ったようにレティが言い返す。だが、ヒャッカはあっさり聞き流し、

「バカをバカと言ったまでです。泥棒《どろぼう》で誘拐犯の犯罪者《はんざいしゃ》のくせに、わざわざ本当の住所を書く

ような奴はただのバカで十分です」

ヒャッカは手にした一枚の紙切れをレティに突きつける。ケリポット図書館の会員申しこみ用紙。レティがケリポットを訪《おとず》れた時に書いた、その用紙には『クラックス・レティ』という直筆《じきひつ》の署名《しょめい》の下に住所——アルバルド・ストリート　二－四という、ここの住所がそっくりそのまま記入されていた。

館長から教えられた登録ナンバーからレティが使った馬車を割りだし、さらに御者への聞きこみ。足を使って入手した情報を携《たずさ》え、ケリポットに戻ってきたら、レティが記入した会員申し込み用紙をどこからともなくリーフが持ってきた。そして、そこにある住所と自分が入手したモノがそっくり同じだと知った時には、目を疑《うたが》った。

「はっきり言って、とてつもなく時間を浪費《ろうひ》した気分です」

愚痴《ぐち》のようなヒャッカの呟き。気まずい沈黙《ちんもく》が部屋に舞い降りる。

が、すぐにレティは素早く椅子に座ったガードナーの背後《はいご》に廻《まわ》ると、

「と、とにかく、まだ人質はこっちにいます。大人しく私の言うことを聞くのです！」

何かを誤魔化《ごまか》すように大声で叫ぶ。手にはいつの間にか短剣《たんけん》が握《にぎ》られ、その刃《は》は老婦人の喉《のど》にあてられていた。

敵の隠れ家を見つけたとはいえ、人質のいるレティの方が立場《たちば》的《てき》にはまだ圧倒的《あっとうてき》に有利《ゆうり》だ。

だが、ヒャッカは焦《あせ》らず、むしろ余裕《よゆう》の表情で、

「あなたの欲《ほ》しいモノはこれでしょう」

ジャケットから一冊の本を取りだしてみせた。

古ぼけ、赤茶けた装丁《そうてい》のＤＤＤ——世界を壊せる可能性を秘《ひ》めた童話、その場にいた者全ての視線が、それに集中する。

レティの視線がＤＤＤに釘付《くぎづ》けになっているのを見ながら、ヒャッカは再び口を開く。

「メアリーさんとこれを交換《こうかん》しなさい。もともと、この本が目的で彼女を誘拐したのですから文句はないはずです」

決めつけるようにヒャッカが言葉を叩きつけていく。すると、そこに喉元に刃物を突きつけられている今の状況《じょうきょう》にも怯《おび》えることなく、むしろ楽しんでいるような軽快《けいかい》な口調《くちょう》で、メアリー・ガードナーが口を挟《はさ》んできた。

「おやおや、その本の持ち主にはなんの断《ことわ》りもないのかい」

「すみませんが、今はあなたの安全《あんぜん》が優先です」

ちらりとメアリーを見て、ヒャッカが詫《わ》びる。

「そうかい、なら黙っとくよ」

惚《とぼ》けたように肩を竦《すく》めてみせる老婦人から、ヒャッカは再びレティに視線を移し、

「それでどうするかは決めましたか？」

「わかりました、交換します。でも、きちんと約束《やくそく》を守らないと駄目《だめ》ですよ」

ヒャッカに決断を迫《せま》られ、レティは若干《じゃっかん》の疑いを残しながらも、取引を承諾《しょうだく》する。

「約束は守ります。あなたがメアリーさんを離せば、この本はあなたのモノです」

その言葉に頷いて、レティは飛剣をそっとガードナーの喉元から離す。

「行ってもいいのかい？」

確認するようにガードナーが尋ねれば、

「はい、いいです。私のお茶菓子を食べて貰《もら》えなかったのがちょっと心残りですけど」

床に落ちたクッキーやスコーンの残骸《ざんがい》を見下ろしながら、レティは少し残念そうに頷く。すると、ぽんと彼女の肩に手をおいてガードナーは立ちあがり、穏《おだ》やかな、熟練《じゅくれん》された微笑を浮かべると、

「なに、また今度、遊びにきた時に持ってきてくれればいいよ。もっとも誘拐するのは今回だけにしといてくれると助かるけどね」

「はい、わかったです！　絶対におばあちゃんに美味《おい》しいって言わせるクッキーを焼いて持っていくです」

嬉しそうに何度も頷くレティ。彼女を残してガードナーは少し頼りない足取りでヒャッカの方へ歩いていった。

老婦人が部屋を横切り、扉に辿《たど》りつくまでの長いようで、短い時間。誰も喋らず、ただガードナーの足音だけが響いていた。そして、ヒャッカが固唾《かたず》を飲んで見守る中、老いた彼女は扉

があった場所まで到着する。

ほっと安堵《あんど》の表情でヒャッカが老婦人へ駆けより、

「大丈夫でしたか？」

「ああ、平気だよ。あの子が良くしてくれたからね」

そんな会話をしていると、窓際にいたレティが声をかけてきた。

「次はそっちが約束を守る番ですよ」

「わかっています、ではどうぞ」

催促《さいそく》してくる誘拐犯にむかって、ヒャッカは赤い本を放り投げる。その時、何故か彼女はにやりと笑ってみせた。しかし、その笑みの意味に気付くこともなく、レティは投げられた古びた本を落さずどうにか捕まえて、

「あ、危ないじゃないですか。もっと大事に扱って……って、これ真っ白々なのです！」

次の瞬間、抗議《こうぎ》の悲鳴を上げていた。それはそうだろう。何故ならDDDだと思っていた本の中味はまったくの白紙だったのだから。

「白紙なのは当然です。それはDDDの外装だけの偽物《にせもの》ですから」

レーベン兄弟が置いていった赤い童話の贋作《がんさく》を、念のために持ってきたのが役に立った。勝《か》ち誇《ほこ》ったようにヒャッカが微笑む。だが、偽物にまんまと騙《だま》されたレティは納得できないというように、

「これじゃ約束が違います！」

「いいえ、その本とガードナーさんを交換するという約束はしましたが、私はその本がＤＤＤだとは一言も口にしていません」

たしかにそうだったかもしれない。だけどそれでも――

「やっぱり、そんなの卑怯《ひきょう》なのです！」

「誘拐の方がもっと卑怯で、悪質ですよ」

ヒャッカに即座に切り返されて、レティはぐっと黙ってしまう。さらに追い討ちをかけるように、

「それと、ここに来る前に自警団に通報しました。まもなく、彼らも到着するはずです」

これは嘘だ。だけど、この言葉を信じてレティが逃げてくれれば、それでいい。今は彼女を捕まえることよりも、メアリーを病院に無事に戻すことが大切だ。

「う～、仕方ないのです。ここは撤退《てったい》するです！」

ヒャッカの言葉を信じて分《ぶ》が悪いと思ったのか、レティは窓を開いて、片足をかける。だが、三階の窓から地上まではかなりの距離がある。

「こんな高いところから飛び降りるつもりですか？」

思わず心配の言葉がヒャッカの口からでる。

「心配は全然ないのです、こういう時のための命綱《いのちづな》です！」

窓際にあったロープを摑《つか》むと、レティが自信満々にそう断言する。

そんな彼女にヒャッカはとても大切なことを教えてやった。

「でも、それどこにも結んでありませんよ」

「あれ？」

どこにも繫《つな》がっていない命綱、それはただのロープに過ぎない。レティがその事実に気付いた時にはもう手遅《ておく》れだった。彼女の足は既《すで》に力強く窓を踏《ふ》み、そのまま外へと跳躍《ちょうやく》していた、役に立たないロープを握《にぎ》って。

「あああぁぁぁぁ〜〜〜〜〜〜〜〜〜〜〜！」

「おやおや、怪我《けが》とかしてないといいけどね」

涙交じりの悲鳴と一緒《いっしょ》に墜落《ついらく》していくレティをのんびり心配するようにガードナーが頰に手をあて、独りごちる。

ヒャッカも気になって窓際に駆《か》けより、地上を見下ろせば、

「今日は負けたけど、次は絶対、私の勝ちです！」

随分と気の早い勝利宣言あるいは負け惜しみを叫ぶ、元気なレティの姿があった。どうやら怪我はしていないらしい。彼女は踵《きびす》を返すと、何処《どこ》へともなく走っていった。

その後ろ姿を見送りながら、

「レーベン兄弟なみに頑丈《がんじょう》ですね」

ヒャッカは苦笑交じりにそう呟いた。

グーデリア市立病院前

「お疲れ様だね、ヒャッカちゃん」

グーデリア市立病院まで無事にガードナーを送り届けたヒャッカにリーフが労《ねぎら》いの言葉をかけた。レティの隠れ家にも彼女は付いてきたのだが、相手を刺激《しげき》しないために隠れていた。

そんな彼女にヒャッカは気の抜けた表情をむけて、

「でも、無事に終わってよかったです」

メアリー・ガードナーを無傷で救出《きゅうしゅつ》できたことを素直に喜び、そう言った。もっとも彼女が脱走したと思いこんでいる病院関係者への説明には苦労しそうだ。だが、それはフザケタ言い訳を思いついたシモンズにきっちり責任をとらせることにして、ヒャッカとリーフはケリポットへの帰路《きろ》を歩いていた。

DDDの謎《なぞ》が解けたわけではなく、全てが解決したとはいえない。だけど、メアリーの誘拐はどうにか解決できた。

そんなちょっとした達成感《たっせいかん》にヒャッカが浸《ひた》っていると、

「ねえ、仲直りしないの？」

隣《となり》を歩いていたリーフに忘れたままでいたかったことを指摘《してき》され、むっと不機嫌《ふきげん》そうに顔を顰《しか》める。

ケリポットに戻れば、嫌《いや》でもレクトと顔を合わせる。館長である彼にはレティを助けた顛末《てんまつ》も説明しなければならない。だけど、今は忘れていたかった。

「リーフは、二人が仲良くしてくれた方が嬉しいな」

沈黙《ちんもく》することで拒絶《きょぜつ》を表すヒャッカを見て、リーフはちょっと寂《さび》しそうに道端にあった小石をこつんと蹴った。

ころころ転がっていく小石を見ながら、ヒャッカは独り言のようにぽつりと呟く。

「残念ですが、それは無理です。私は館長を許せません」

一年で一〇〇〇人の会員を集めなければ、ケリポット図書館は廃館《はいかん》になってしまう。それを知っているのに、会員のカツラをとって、怒らせて、脱会させたレクトは最低だ。館長としての自覚《じかく》など微塵《みじん》もない。

「でも、レクト君は正しいことをしただけだよ」

無責任にレクトを庇《かば》うリーフに、ヒャッカはカチンときて苛立《いらだ》ちをぶつけるように、

「どこがですか！　会員を脱会させて、しかもへらへら笑うだけで反省もしないで、あんな館長のどこか正しいっていうんですか！」

「だからだよ」

「どういう意味ですか？」

「レクト君があの会員を辞めさせたのは、かんちょーとして正しかったってこと」

蔵書《ぞうしょ》を返却にきた、あの男性会員はケリポット図書館を罵《ののし》った。マガイモノだらけのごみ溜《だ》まり、今度の館長もろくでなしだ、と。そして、彼は最後にケリポットの職員なら誰もが許せない言葉を口にした。

初代館長の悪口を。

その瞬間、それまで何を言われてもへらへら笑って聞き流していたレクトは、男性会員の紛《まが》い物《もの》の髪の毛を掴《つか》みとって、こう言った。


——やっぱりカツラか、このハゲ野郎。


そのレクトの言動に怒った男性会員は、その場でケリポットの図書会員からの脱会を宣言《せんげん》し、そのあと騒ぎを聞きつけたヒャッカがやってきた。

これが最初から最後までをカウンターの中でコンラッドが眺《なが》めていた真実だ。リーフは彼から教えてもらった。

「まあ、やり方にはちょっと問題はあったかもしれないけどね」

「だったらなんで、それを私に言わないんですか」

もし、自分が来る前の出来事をきちんと教えてくれていたら、館長を怒りはしなかった。むしろ、ヒャッカが脱会した男性会員をケリポットから蹴りだして、二度と来るな、と追い払っていただろう。

「レクト君は素直じゃないし、ろくでなし。コンラッドもヒャッカちゃんには内緒《ないしょ》だよって口止めされてたし」

大きく手と足を振って歩きながら、リーフは詠《うた》うように節をつけて言葉を紡《つむ》ぐ。

「でもなんで、そんなこと……」

いきなり真実を目の前に突きつけられ、ヒャッカは戸惑《とまど》ったように呟いた。

「なんでだろうね？　でも、ヒャッカちゃんには、かんちょーの悪口を聞かせたくなかったのかもしれないよ」

リーフは歩くのをやめて立ち止まる。合わせてヒャッカの足も止まる。

歩道の片隅《かたすみ》で、リーフは図書館の仲間の目をしっかり見据《みす》え、

「それで、ヒャッカちゃんは仲直りはするのかな？」

「それは、その……」

ヒャッカは困ったように視線を逸《そ》らして、口《くち》ごもる。

館長は悪くなかった。悪いのは誤解《ごかい》して、勝手に怒って、無視《むし》していた自分の方だ。だったら、自分がごめんなさい、と謝《あやま》って、仲直りをするしかない。だけど、もし館長が許してくれ

なかったらどうしよう。それにいつも館長を叱《しか》ってばかりで、ごめんなさいなんて言ったこともない。うまく言えるかどうか不安だ。もしかしたら、また喧嘩《けんか》になってしまうかもしれない。

考えているうちに、なんだか不安ばかりが大きくなって、ヒャッカは顔を俯《うつむ》かせてしまう。

そんな不器用《ぶきよう》で、繊細《せんさい》で、子供なヒャッカをなんだか楽しそうに眺めながら、リーフはそっと口ずさむ。

「仲直りしたいなら、プレゼントとかもいいかもね。たとえば、壊しちゃったサングラスの代わりとか」

リーフのアドバイスを聞いた途端《とたん》、ヒャッカはがばっと顔を上げ、

「すみませんが、私はちょっと用事ができたのでリーフは先に帰ってください」

それだけ言い残すと、ケリポット図書館とは違う方角へ足をむけた。

自分が踏んで、壊してしまったサングラスの代わりを手に入れるために。そして、ごめんなさいを言うために。

そんな決意に満ちたヒャッカの背中を見送りながら、この状況《じょうきょう》を楽しむみたいにリーフは笑って、呟いた。

「それにきっとレクト君ならちょっと泣いて謝《あやま》れば、笑って許してくれると思うけどね」

ケリポット図書館　カウンター前

「──というわけでヒャッカちゃんはちょっと遅《おく》れてくるからね」

　ケリポット図書館一階のカウンター前で、メアリーが無事に救出されたことやヒャッカが仲直りしようとプレゼントを買いに行ってることを全てまったく隠すことなくお喋りしてから、リーフはそう締《し》め括《くく》った。

　そのお喋りに付き合っていたのはカウンターの中で姿《し》勢《せい》正しく立つコンラッドと、カウンター台にだらしなく腰かけていたレクトだった。とくに館長は彼女のお喋りの方はちょっと情けなく表情を崩《くず》して聞いていた。

　リーフの話が終わったあとも、そのままの表情でカウンターの主に無《む》言《ごん》で非《ひ》難《なん》するような視線を投げかけると、

「館長からヒャッカ殿《どの》には喋らぬよう口止めされていましたが、他の者に喋るな、とは言われてませんでしたので」

　忙《せわ》しなく両手の編《あ》み棒《ぼう》を動かし、コンラッドはセーターを編みながら、

「まあ、リーフ殿からヒャッカ殿に伝わってしまうとは、些《いささ》か計算外でしたがな」

「嘘つけ、この狸《たぬき》ジジイ」

「館長にそう言われるとは光栄《こうえい》ですな」

レクトのぼやきにコンラッドは右頬の切傷のようなひび割れを引《ひ》き攣《つ》らせるように苦笑する。

館長はぽりぽりと薄茶の髪を掻《か》いて、

「まったく、この図書館にはお節介《せっかい》が多すぎだぞ」

カウンター台から飛び降りて、床に両足を着地《ちゃくち》させる。

「あれ、レクト君、どっか行くの？」

「あ〜〜、天気が良いから玄関で昼寝するだけだ。それだけだぞ」

リーフの問いかけに、レクトはひらひら手を振って、適当に答える。それからズボンのポケットに手を突っこみ、ふらふらと玄関の方へ歩きだす。

そんなレクトの背後《はいご》では、

「ヒャッカ殿の出迎《でむか》えですかな」

「きっとこれは愛だよね」

「そうでしょうか、私にはどうにもわかりかねますが」

ケリポットの古参《こさん》職員たちが無責任《むせきにん》な言葉を楽しげに交していた。

セントラル・パーク

東西南北、全ての道が交わる場所。それがセントラル・パークだった。ここには常設の露店《ろてん》が軒《のき》を連《つら》ねている。

「やっと手に入れました」

無数にある露店を練り歩き、ようやく目的に叶《かな》うモノを探し当てたヒャッカは嬉しそうに手の中のモノを見る。

いつも館長がかけていたのと、そっくりなサングラス。かなり趣味が悪い丸レンズも、レンズの濃度《のうど》も、フレームの形もそっくりそのままだ。

空を見上げれば、もう夕方になっていた。随分と長い時間、このサングラスを探しだすために露店を渡り歩いていたらしい。

ジャケットのポケットにサングラスを仕舞《しま》い、急いでケリポットに戻るためヒャッカは足早に歩きだした。その矢先——誰かと擦《す》れ違い様《ざま》に腕がぶつかってしまう。

「ああ、これは台無しだね」

その台詞《せりふ》にヒャッカは立ち止まり、横を見る。そこには地面に落ちたソフトクリームとそれを残念そうに見つめる少年がいた。

セントラル・パークの外円部にあるベンチに座りながら、

「これでいいんですか？」

「うん、これがいいんだよ」

手にしたソフトクリームを些《いささ》か複雑そうな顔でヒャッカはじっと見つめる。その隣《となり》には、先ほど彼女とぶつかった少年が同じベンチに座っていた。

肩口で切り揃《そろ》えられた金髪に、柔《やわ》らかい中性的な風貌《ふうぼう》。白い、上質の服を纏《まと》った少年だ。ヒャッカと同じくソフトクリームを持っている。

「少し季節外れですね」

まだ夏ではない季節に食べるソフトクリームは少し変わった味がした。これは少年からの奢《おご》りだ。彼にぶつかって、ソフトクリームを落してしまったことを詫《わ》びたら、何故《なぜ》か一緒に食べるように誘《さそ》われて、ここにいる。

「でも、好きなものは好きだし、美味《おい》しいものはいつ食べても美味しいよ」

「そんなものですか」

「そんなものだよ、人間なんて単純《たんじゅん》だからね」

人間だからこそ言える台詞《せりふ》を、少年は皮肉るように呟く。そして、目を細め、夕刻の赤い空を眺めながら、

「ねえ、君はこの世界が好き？」

「そうですね、多分、好きでも嫌いでもありません」

ぺろっとクリームを舐《な》めながら、ヒャッカが答える。だけど、本当は好きで、嫌いなのかもしれない。この世界はいろいろあって、ややこしい。頭が痛くなるほどに。

そんなことを考えていたら、本当に頭が痛い気がしてきた。

「ふーん、ならこの世界を壊したいと思ったことは？」

どこかで聞いたような台詞を少年は言う。だけど、誰の言葉だったのかは思いだせない。なんだか、視界《しかい》がぼやけて、頭がくらくらする。

「そんなことは思ったことは……」

一度だけある。初代館長が死んだ時、彼と一緒に世界が無くなってしまえばいいと思った。だけど、今も世界は続いている。なんだか呂律《ろれつ》が廻《まわ》らず、言葉がうまくでない。

そんなことお構《かま》いなしに少年はさらに語る。

「誰だって一度は世界が無くなればいいと願うはずなんだ、それを実行する勇気がないだけでね。だから僕が代わりに壊してあげるんだ、この歪《ゆが》んだ世界を」

ぐにゃりと視界が酷《みにく》く歪《ゆが》んで、ソフトクリームが手から滑《すべ》り落ちる。

「ああ、やっと効いたね。人間用の薬だったから、効くかどうか少し心配だったんだ」

その言葉で、自分がこうなった原因が目の前の少年だとようやく気付く。

ヒャッカは手放しそうになる意識《いしき》を必死に握《にぎ》り締《し》め、噛《か》み締めるように問いを発する。

「……あなたは誰ですか」

「僕は僕だよ、君が君であるようにね」

赤い夕焼けに晒《さら》され、少年は綺麗《きれい》な、だけど歪んだ微笑《ほほえ》みを浮かべてみせた。

それを最後にヒャッカの意識は暗転《あんてん》した。

ケリポット図書館　正面玄関前

古ぼけて、時代遅れのケリポット図書館。その正面玄関の階段に座って、レクトは煙草《たばこ》を吸いながら、ぼんやりと空を見上げていた。足元には吸殻《すいがら》が何本も転がっている。

太陽はずっと前に姿を消し、月と星が浮かんだ夜空を眺めながら、

「……遅いな」

帰ってくるはずのないヒャッカを待って、レクトはずっと待ちぼうけていた。

第五章　歪《ゆが》んだ世界に鐘《かね》は鳴《な》る

セントラル・エッジ・ストリート

ふわふわの綿菓子《わたがし》みたいな白い雲、青空高くには太陽が浮かぶ。

石畳《いしだたみ》で舗装《ほそう》されたストリートを時折、駆《か》け抜《ぬ》けていく馬車の車輪《しゃりん》がからから廻《まわ》る音が響《ひび》く。

穏《おだ》やかな風が暖《あたた》かい空気を運《はこ》び、眠気《ねむけ》を誘《さそ》う。

時間さえものんびり、ゆっくりと過ぎていくように錯覚《さっかく》してしまう。

そんな長閑《のどか》で、退屈《たいくつ》な昼下がり。ケリポット図書館はセントラル・エッジ・ストリートの片《かた》隅《すみ》に建《た》っていた。

古ぼけて時代遅《おく》れの地上二階建ての洋館。日に焼けてハチミツ色になった外壁《がいへき》には細かいひびが無数に走り、屋根の赤煉瓦《あかれんが》はくたびれている。

ひび割《わ》れた殻《から》の図書館は二〇年前からここにあった。だが、殻の中は二〇年前とは違う。そして、昨日とも。

今日の図書館に、昨日の彼女はいなかった。

ケリポット図書館　閲覧室

長閑な昼下がり。外は天気がいいのに、ケリポット図書館の閲覧室《えつらんしつ》には低気圧《ていきあつ》が停滞《ていたい》していた。その原因は長机の上に置かれた封筒《ふうとう》にあった。

封筒の中には一枚の便箋《びんせん》と、マッチ棒ぐらいの長さと大きさの円筒形《えんとうけい》の耳飾《みみかざ》りが入っていた。

その耳飾りを大きな蒼《あお》い瞳《ひとみ》をさらに大きくしてリーフはじっと観察《かんさつ》して、

「これってヒャッカちゃんの識別標《しきべつひょう》だよ」

「認めたくはありませんが、どうやらそのようですな」

コンラッドも追随《ついずい》するように、重々しく頷《うなず》いてみせる。

白い鉱石《こうせき》の上に複数《ふくすう》の黒い線《コード》が刻《きざ》まれたそれは、人間とマガイモノを識別するための楔《くさび》であり、またマガイモノの個体情報《こたいじょうほう》——製造者《せいぞうしゃ》、製造年、種類、性別《せいべつ》などを記号《コード》で表している。

そして、長机の上にある識別標は紛《まぎ》れもなくポリグロット・ルードワーズによって二年前に製作された エイラク・ヒャッカという書禮《しょれい》のものだった。

リーフとコンラッドの言葉をうけて、机の傍《かたわ》らに座っていたレクトは頭の後ろに両手を廻《まわ》し、

「つまりヒャッカはこの手紙の主に捕まったってことか」

机の上の耳飾りと、リーフの尖《とが》った耳を飾っている識別標を見比べるように視線《しせん》を往復《おうふく》させる。それから先刻《せんこく》、ケリポットに届いた手紙に視線を定めた。

昨夜、ヒャッカは帰ってこなかった。漠然《ばくぜん》とした予感《よかん》はあった。識別標と手紙はそれを明確《めいかく》な形にしてみせた。

識別標とともに届いた手紙には、こうあった。

——明朝八時にDDDを持って、レクト・ルードワーズ館長が一人でセントラル・パークに来られたし。

必要最低限の要求《ようきゅう》だけを記した短い文章。会員申し込み用紙や昨日、病室へ残された手紙にあったレティのものとは違う誰かの文字だ。この手紙に従《したが》う義務《ぎむ》はない。ヒャッカの識別標さえ一緒《いっしょ》に入っていなければ。

これは昨日失敗した誘拐劇《ゆうかいげき》の役者《やくしゃ》を変更《へんこう》しての再演《さいえん》だ。

「さて、どうするか」

空色の丸天井《まるてんじょう》を眺《なが》め、レクトが呟《つぶや》いた、その時——

「館長、そのDDDのことでお話が」

傍《かたわ》らに立っていたコンラッドが身をかがめ、秘密の話でもするように声をひそめて囁《ささや》いた。

レクトも老人に顔を近づけ、

「もしかして、面倒《めんどう》な話か？」

「面倒ではないですが、かなり厄介《やっかい》な話かもしれません」

コンラッドの囁きに、レクトは偽《いつわ》りの空を仰《あお》いで、こうぼやく。

「厄介事を全部まとめてヒャッカに任《まか》せたい気分だな」

だけど、彼女はここにいない。

石牢《いしろう》

目を覚ましたら、見覚えのない場所で寝《ね》そべっていた。

「ここはどこですか？」

まだ眠気《ねむけ》が抜けきれず、寝惚《ねぼ》けた顔でヒャッカはぽつんと呟《つぶや》いた。

冷たい石畳の床《ゆか》から上半身を起こし、周囲をぐるりと見渡せば、三方を石積みの壁に囲まれ、最後の一方には鉄格子《てつごうし》が嵌《は》めこまれた、さほど広くない正方形の部屋……というよりも牢屋の中に自分がいることにヒャッカは気付く。しかも両手に手錠《てじょう》がかけられ、耳の識別標とジャケットが無くなっている。

「こういうのは、館長の方が似合《にあ》っています」

逃亡犯《とうぼうはん》の館長を例にだし、わざと軽口《かるくち》を叩《たた》いてみせる。

ただの強がりだったが、気弱になるよりはずっといい。それから何故《なぜ》、自分がここにいるのか、ゆっくりと記憶《きおく》を手繰《たぐ》り寄《よ》せる。

たしかメアリーさんが誘拐《ゆうかい》されて、館長が会員を怒《おこ》らせて脱会《だっかい》させて……いや、これは順序《じゅんじょ》が逆だ。会員を脱会させて、なのに全然反省していない館長と喧嘩《けんか》して、サングラスを踏《ふ》んで、壊《こわ》して……

「……それからメアリーさんです」

傍《そば》で聞いていたらまったく意味不明《いみふめい》の言葉を呟《つぶや》きながら、ヒャッカはさらに記憶を辿《たど》る。

DDDの持ち主である老婦人がレティに誘拐されて、それをシモンズが報《しら》せにきた。そして、どうにか誘拐犯の隠《かく》れ家《が》を突き止め、彼女を無事に救出して、病院にきちんと送り届けて、リーフと一緒にケリポットに戻ったはずだ。でも、だったら何故自分はここにいるんだろう。

それに、どうしてだかわからないが酷《ひど》く眠い。

うまく働いてくれない思考《しこう》と眠気を解《と》きほぐすために、ヒャッカが少し歩いて気分転換《きぶんてんかん》しようと思い、立ち上がろうとする。

とその時、ブーツの先にこつんと何かがぶつかった。ヒャッカは不思議《ふしぎ》そうに首を傾《かし》げて、

「どうして館長のサングラスが……」

言いかけ、ようやく彼女の記憶が一本の線で繋《つな》がる。

今、目の前にあるサングラスは館長のではなく自分が買ったモノであること、レクトがわざと会員を怒らせて脱会させた理由、そして、セントラル・パークで出会った少年のことも。

「あの少年の仕業《しわざ》ですか」

彼と一緒にソフトクリームを食べた時から一切の記憶が途切《とぎ》れている。不自然な眠気といい、あのソフトクリームには睡眠薬《すいみんやく》でも入っていたのだろう。

そう推論《すいろん》してから、ヒャッカは自嘲《じちょう》するように、

「まったく、これじゃリーフのことを注意できません」

ケリポットの整理部門主任司書《せいりぶもんしゅにんししょ》には、甘いモノで誘《さそ》われても知らない人には付いていってはいけません、とうるさいぐらいに注意してきた。なのに、彼女ではなく自分がこんな目にあっている。

「それにしてもジャケットがないのは、きついですね」

石で囲まれた牢屋の空気はかなり冷たく、旗袍《チーパオ》だけではむきだしの肩や足の部分が肌寒《はださむ》い感じがする。それだけではなく、あのジャケットがないとヒャッカは魔術《まじゅつ》が使えない。

そもそも魔術とけ、世界を歪《ゆが》める手段だ。世界を歪め、本来ならありない現象を起こす方法が魔術、あるいは奇跡《きせき》と総称《そうしょう》される。

マガイモノであるヒャッカは、世界に対して最初から歪んだ存在だ。そして、書物を媒体《ばいたい》とした本の精霊《せいれい》という特性を持っている。

ヒャッカの媒体となったのは、東方の大国で編纂《へんさん》された神話辞典。そこに記述されている虚《きょ》構《こう》の神々や怪異《かいい》を現実世界に具現化《ぐげんか》させるのが、彼女の魔術だ。ジャケットは彼女の一部が変《へん》質《しつ》したモノであり、また現実を浸食《しんしょく》するレンズの役割を果たす、補助装置でもある。

昔、そんな講義《こうぎ》を初代館長がしてくれた。

殆《ほとん》ど感覚《かんかく》で魔術を使っているヒャッカには、その話はちょっと難《むずか》しくて、あまり理解できなかったが、ジャケットがないと魔術が発動《はつどう》しないのは事実だった。

「さて、どうしますか」

とりあえず、このままじっとしているのも芸がない。

牢屋の壁に、鉄格子の嵌《は》めこまれた窓があるのに気付いたヒャッカは立ち上がる。窓に近づこうとした時、

「あっ、おはよーです。あれ、でももうお昼過ぎだからこんにちは、かもしれませんです」

暢気《のんき》に明るい声がして、鉄格子のむこうから誰かが話しかけてきた。

声のした方をヒャッカが振りむけば、

「こんにちはです。あなたが目を醒《さ》ましたら連れて来るようマスターに命令されてるので、一《いっ》緒《しょ》に来てもらうのです」

クラックス・レティが、鉄格子越しにひらひら手を振っていた。

あの赤い夕焼けの中、少年はＤＤＤという言葉を口にしていた。だから、なんとなく彼女が

ここにいることは予想ができた。

おそらく、レティのマスターがあの少年で、彼こそが赤い童話を本当に欲《ほっ》している者なのだろう。

世界を壊し、終わらせるために。

ケリポット図書館　閲覧室

「実はDDDについて調べていたところ、このようなものが見つかりまして」

そう前置きしてから、コンラッドが宙にふわふわ浮いた右手で一冊のノートを長机の上に置いてみせる。

かなりくたびれ、よれよれとしたノート、表紙には二五年ほど前の日付、それに『DDD』という三文字だけが簡潔《かんけつ》に記入されていた。

「あっ、これってかんちょーの字だね」

すぐにノートの文字が初代館長の直筆《じきひつ》だと気付いたリーフが、ちょっと懐《なつ》かしさをこめて言えば、コンラッドは肯定《こうてい》するように頷《うなず》いて、

「はい、これにはDDDに対する初代館長の見解《けんかい》が記述《きじゅつ》されておりました」

「なんだ、あのじいさんも本のこと知ってたのか」

「はい、そもそもこの図書館の名称《めいしょう》は、ＤＤＤのひび割れた殻《から》の物語からの引用《いんよう》ですし、当時の持ち主であったガードナー婦人の旦那様《だんなさま》と館長は親友でしたから」

「だけど、二五年前っていうとずいぶん昔だな。この図書館ができるより前の話か」

「当時はまだ初代館長は館長ではなく、ただの魔術師でありました」

「懐かしいね、まだコンラッド君の右腕があった頃だよね」

「そういえば、あの頃はまだまだ現役《げんえき》でしたな。まったく歳《とし》はとりたくないものです」

そんな自分が生まれてもいない頃の昔話に花を咲かせる古参《こさん》職員たちに、レクトは軽く割りこむように、

「で、そのノートには結局何が書いてあるんだ？」

「これは失礼、話が逸《そ》れました。ノートにあった記述を読みましたところ、初代館長は編者《へんじゃ》がサーペント・Ｄ・スペンサーという魔術師であったことに興味《きょうみ》をひかれ、持ち主からＤＤＤを借り受けて、鑑定《かんてい》を行っていたようです」

ドラゴンまたはデーモンとも称され、辺境《へんきょう》の街を一つ消し飛ばしたサーペント・Ｄ・スペンサー、たしかに同じ魔術師なら興味や好奇心《こうきしん》の対象《たいしょう》になってもおかしくない。

「つまり、こいつはＤＤＤの鑑定記録ってわけか」

「はい、左様です」

「それでＤＤＤっていうのは結局なんだったんだ？」

「まあ、結論《けつろん》から言いますと……」

　コンラッドは言葉を切り、宙に浮いた右手で器用にノートの最後のページを捲《めく》ってみせた。

　そこには初代館長自身の言葉で結論《けつろん》が述べられていた。


――童話は童話のままであるべきだろう。ＤＤＤがもう一つの役割を果たす時、それは世界の終焉《しゅうえん》と同意義《どういぎ》である。童話ならざるＤＤＤの全ての封印《ふういん》を解こうとする者よ、煉獄《れんごく》の炎《ほのお》に焼かれるべし

　その一文を読んだレクトは、青紫の瞳をそっと細め、

「こいつは随分と物騒《ぶっそう》な警告《けいこく》だな」

　惚《とぼ》けたふうに笑ってみせた。

教会

　レティに石牢《いしろう》から連れだされたヒャッカは、ある部屋に案内された。さっきまで閉じこめられていた殺風景《さっぷうけい》な石牢とは違い、それなりに家具《かぐ》が配置《はいち》された、生活感のある部屋だ。

　部屋の中心にけ椅子《いす》が一つ。あの少年が足を組んで、座っていた。肩口《かたぐち》で切り揃《そろ》えられた金

髪に、中性的な柔《やわ》らかい風貌《ふうぼう》、白を基調《きちょう》とした服を纏《まと》っている。

両手を手錠《てじょう》で縛《しば》られたままやってきたヒャッカを見て、少年は優越感《ゆうえつかん》を滲《にじ》ませた笑《え》みを浮《う》かべると、

「ようこそ、何か不自由はあるかな？」

まだ声変わりする前の高い声で、そう話しかけてきた。それにヒャッカは不満《ふまん》と敵意《てきい》を隠《かく》さず表情にだしながら、

「ここにいることが不自由そのものです。この手錠も不満です。あと寒いからジャケットを返してくれると嬉しいです」

手錠は無理でもジャケットだけでも返してもらえれば、なんとかなる。だが、少年はヒャッカの要求全《すべ》てを却下《きゃっか》して、

「それは我慢《がまん》してもらわないといけないね。君はＤＤＤとの大事な取引材料《とりひきざいりょう》だから、逃げられでもしたら困るしね」

「私にはそんな価値《かち》ありません」

「そうかな、それを決めるのは僕でも、君でもない。ケリポット図書館の館長だよ」

「……だったら尚更《なおさら》です」

ヒャッカは顔を曇《くも》らせ、独《ひと》り言《ごと》のように呟く。館長とまだ仲直りしていないことを思い出してしまった。そうでなくても、ろくでなしで無責任《むせきにん》な館長を、自分はよく叱《しか》って、殴《なぐ》って、蹴《け》

って、魔法で吹き飛ばしてる。こんな可愛《かわい》くない女を、いくら女ったらしなレクトでも助けにくるとは思えない。

「ああ、それと逃げようとしても無駄《むだ》だよ。ここは一〇〇年ほど前に人々に捨てられ、忘れ去られた教会でね。僕ら以外いないし、近くには人家もないから助けを呼ぶこともできないよ」

「……教会ですか」

そういえば、石牢からここに来る途中《とちゅう》、窓からは天辺《てっぺん》に鐘《かね》のついた尖塔《せんとう》と聖堂《せいどう》らしき建物が見えた。それ以外にはただ緑の葉を繁《しげ》らせた木々があるだけだった。人目をはばかる悪党《あくとう》の隠《かく》れ家《が》とはしては、なかなかにいい立地条件《りっちじょうけん》かもしれない。殆《ほとん》ど人間の出入りのない、貧乏弱小図書館と同じぐらいに。

そして、ケリポット図書館のマガイモノの職員たちとろくでなしの館長は、今頃どうしているだろう。少しは心配してくれているだろうか、などとヒャッカが考えていると、少年が口を開いた。

「ところで君はDDDについて、どれだけのことを知っているのかな？」

「あれは一五〇年ほど前にサーペント・D・スペンサーという人物によって編纂《へんさん》された童話集です」

「それは正しいけれど、間違った答えだね。この世界は歪《ゆが》んでいる、何故《なぜ》だと思う？」

不意に話題を逸《そ》らし、少年が問いかけてくる。ヒャッカは少し考えてから、

「……魔術のせいです」

世界を歪め、因果《いんが》を無視《むし》し、本来なら存在しないはずの結果を手に入れるための手段――それが魔術だ。そして、世界に魔術は溢《あふ》れている。マガイモノであるヒャッカも、世界をほんの少し歪めている。彼女の答えに少年は満足そうに頷いて、

「そうだよ、だから世界は常に歪んでいる。ねえ、だったら世界を極限《きょくげん》まで歪めてみたらどうなると思う？」

薄《うす》く口元《くちもと》を歪め、冷たい微笑《ほほえ》みを少年は浮かべる。その冷たさに気圧《けお》されたようにヒャッカは自分でも気付かぬうちに一歩後ずさっていた。

「それは……」

世界を極限まで歪めたらどうなるかなんて、実際にやってみなければわからない。ただ、想像することはできる。

風船を限界《げんかい》以上に脹《ふく》らませば、破裂《はれつ》する。

紙縒《こよ》りを捻《ね》じり続ければ、いつかは切れてしまう。

堤防《ていぼう》だって、増水《ぞうすい》した川の前では決壊《けっかい》する。

それと同じだ。

世界だって極限まで歪めれば、壊れてしまうかもしれない。

「だけど、そんなことできるわけありません！」

世界は大きい。そして人やマガイモノは小さい。世界を壊すなんてできるわけがない。根拠《こんきょ》などなく、ただ自分を安心させるためにヒャッカは反論《はんろん》する。すると少年はあっさりと頷いて、

「そうだね、できないだろうね」

「やっぱり」

ヒャッカがほっと安堵《あんど》したように表情を和《やわ》らげる。が、少年の言葉には続きがあった。

「凡人《ぼんじん》にはできないだろう。だけどサーペント・D・スペンサー、彼は天才だった。他の誰にも不可能《ふかのう》なことでも、彼には可能だったんだよ。そして、DDDには世界を壊すための歪んだ魔術が刻《きざ》まれている」

子供の戯言《たわごと》だと一笑にできない、真実を知る者だけがもてる確固《かっこ》たる自信を滲《にじ》ませながら少年は言葉を紡《つむ》いでいく。

「でも、彼は臆病者《おくびょうもの》だった。せっかく世界を壊せる力を手にしながら、使わなかった。僕は違うよ。絶対にこんな世界、終わらせてやる」

淡々《たんたん》と、だけど絶対の信念《しんねん》をもって、世界を終わらせることを誓《ちか》う少年。彼を見ながら、ヒャッカはあることに気付いた。

「あなたの名前は？」

「ああ、そういえばまだ名乗っていなかったね。僕はアルカ・テレウス、世界を壊して、終わらせる者だよ」

綺麗《きれい》に歪んだ笑みを浮かべて、少年はそう名乗った。

ケリポット図書館　屋上

既《すで》に太陽は姿を消して、薄闇《うすやみ》がたちこめるグーデリアの夜。

緩《ゆる》やかな傾斜《けいしゃ》があるケリポット図書館の屋根の上、赤煉瓦《あかれんが》が敷《し》かれたそこで煙草《たばこ》を咥《くわ》え、だらしなく黒の装束《そうぞく》を着こなす男が一人、寝そべっていた。

ヒャッカの識別標《しきべつひょう》を空に浮かんだ月に透《す》かすように目の前に掲《かか》げながら、

「我は世界に終わりと始まりの鍵《かぎ》を与えよう。されど、これだけで扉は開かれず」

DDDの最後に書かれた、サーペント・D・スペンサーの文句を、レクトは青紫《あおむらさき》の目の中で再生《さいせい》し、つまらなそうに口ずさむ。それから耳飾《みみかざ》りを手の中で弄《もてあそ》びながら、

「世界を壊せる、赤い童話か。まったくそんな面倒《めんどう》なもん、ゴミの日にでも捨《す》てておけ」

ぼんやりと、そんなことを呟く。

と屋根に上る時にかけた梯子《はしご》がきしきしと軽《かる》く軋《きし》み、誰かがのぼってきた。

レクトが梯子の方に視線をむければ、左右で髪を束《たば》ねた、蒼《あお》い瞳《ひとみ》の幼い少女の顔がちょこんと屋根の切れ目から現れた。そして、大きな黒リボンが背中で結ばれた、ふわふわのエプロンドレスに、片腕《かたうで》に付けられた『司書官』の腕章《わんしょう》、滑《すべ》らないように梯子の階段をきちんと丁寧《ていねい》に

踏《ふ》みしめる小さな足まで、すぐにレクトの視界《しかい》に入ってくる。

リーフは梯子から足を外し屋根に乗り移ると、館長をじっと見据《みす》えて、

「レクト君、なんだか元気ないね。もしかして、ヒャッカちゃんのことが心配？」

その問いに、レクトは手の中に耳飾りを隠《かく》すように包んで、曖昧《あいまい》に笑い、

「さあ、どうだろうな。まあ、あいつの怒鳴《どな》り声がないと、なんか物足《ものた》りない気はするけどな」

「それって、寂《さび》しいってことじゃないの？」

「さあ、どうだろうな」

空を見上げたまま曖昧にレクトが答えれば、リーフはさらに問いを重ねる。

「世界とヒャッカちゃん、選ぶとしたらどっちかな？」

「そいつは随分《ずいぶん》と難《むずか》しい質問だな」

レクトが答えず苦笑して、上半身を起こす。それから、屋根の縁《ふち》に立ち、こちらを見ている
リーフに視線を定め、

「そこにいると危《あぶ》ないぞ」

ゆらゆらと危なっかしく風に揺《ゆ》れる幼《おさな》い少女に注意する。だけど、彼女は明るく微笑《ほほえ》み、

「大丈夫だよ、そしたらまたレクト君が助けてくれるから。ねえ、あの約束《やくそく》は覚えてる？」

「もちろん覚えてるぞ」

数日前、ここで足を滑《すべ》らせ、落ちそうになったリーフを助けた時にした約束。一〇年後にリ

ーフが大きくなったら一回デート、そんな他愛《たあい》のない約束。男とのは、まあ適当《てきとう》に覚《おぼ》えてたり、忘れたりだけどな」

「俺は女性との約束は忘れないようにしてるからな。男とのは、まあ適当に覚えてたり、忘れたりだけどな」


だから、リーフとの約束もしっかり覚えている。泣き虫だったあの女の子との約束も。

「今から一〇年先が楽しみで、夜も眠れないぐらいだぞ」

へらっと女ったらしな笑みを浮かべて、レクトは言う。だけどリーフは顔を俯《うつむ》かせ、彼女には似合《にあ》わない寂《さび》しそうな声で、

「でもね、一〇年後じゃ駄目《だめ》なんだよ」

「なら、一〇年と一日でどうだ？」

戯《ふざ》けるようなレクトの言葉にも、リーフは首を横に振り、

「それでも駄目だよ、一〇年経っても、一〇〇年経っても、ずっと駄目なの。リーフはこんなだけどヒャッカちゃんよりずっとお姉さんで、でもこのままずっと成長しないから」

書禮《しょれい》であるリーフの媒体《ばいたい》は一八葉《よう》に分割《ぶんかつ》され、散逸《さんいつ》した世界地図の一葉。もともとが不完全だった彼女は不完全なままに造られて、幼いままに姿を留《とど》めた。

二〇年前も、一〇年前も、今も変わらずこのままだ。きっと二〇年後も、一〇〇年後もずっと、ずっとこのままだろう。みんなは仲良く歳《とし》をとり、彼女だけが独りぼっちで取り残される。

「だから大きくなれないし、レクト君ともデートできないの。約束破ってごめんね」

すっと顔を上げて、明るい笑顔でリーフが謝《あやま》る。目にはかすかに涙が滲《にじ》んでいた。

そんな悲しいリーフの涙と心にレクトは気付かぬふうに、わざとらしく肩をすくめて、

「そいつは残念、リーフならきっと美人なお姉さんになると思ったのにな。見事に見かけに騙《だま》されたぞ」

「へへ――、レクト君を騙しちゃった」

レクトの軽口につられて、リーフも笑う。すると館長は不意打《ふいう》ちで真面目《まじめ》な口調《くちょう》になって、

「だったら約束は変更《へんこう》だな」

「えっ？」

「俺が残りの一七枚を絶対に探し出して、リーフをでっかくしてやる。そしたらデートだ。ついでに一枚一回の計算で、オマケもつけて一八回ほどデートしてくれたら嬉《うれ》しいぞ」

レクトはにっと惚《とぼ》けたように笑うが、青紫《あおむらさき》の瞳《ひとみ》だけが穏《おだ》やかにリーフを見据《みす》える。

館長の言葉に最初は戸惑《とまど》い、次は思案《しあん》するような表情になって、最後には本当に晴れやかな満面《まんめん》の笑《え》みを浮《う》かべて、

「ほんと、レクト君って面白いね」

幼いままの彼女がそう言う。レクトも笑い返して、

「よく言われるぞ。だけど、そういう女に限ってただのお友達で終わっちまうんだけどな」

「でも、レクト君はいい人だよ」

「仕事サボって遊んでばかりの駄目館長で、ついでに無駄飯食《むだめしぐ》らいの穀潰《ごくつぶ》しだぞ」

ヒャッカの口癖《くちぐせ》を皮肉《ひにく》るようにアレンジして、レクトは口元を歪めてみせる。それでも、リーフは強情《ごうじょう》に自分の意見を譲《ゆず》らずに、

「やっぱりレクト君はいい人だよ。レクト君がかんちょーやってるから、この図書館は潰《つぶ》れないでいるんだから」

マガイモノだらけのケリポット図書館、そんなところの館長になってくれる人間はそういない。人間の館長がいないと、ケリポットは潰れてしまう。だから、レクトは図書館にとって必要不可欠な存在だ。

「館長なんて、逃亡《とうぼう》生活のただの隠《かく》れ蓑《みの》だぞ」

「ほんとうにそれだけ？」

「……さあ、どうだろうな」

「ねえ、あなたはだ――――れ？」

いつの間にかレクトのすぐ傍《かたわ》らまで近づいていたリーフが、レクトの青紫の瞳をのぞきこむように顔を近づけ、囁《ささや》くように尋《たず》ねると、

「レクト・ルードワーズ。このおんぼろ図書館の館長。今はそれだけだ」

何かを惚けるように笑って、男はそう答えた。

石牢

冷たい夜風が時々、吹きこんでくる石牢。そこでレティが差し入れてくれた毛布に包まりながら、ヒャッカは夜空に浮かぶ月を眺《なが》めていた。

明日、館長は来るだろうか？　もしも、こなかったら自分はどうなるのだろう。来たとしてもＤＤＤ——世界を壊せる赤い童話が、世界を終わらせたいと望む少年の手に渡ってしまったら……。

館長が来ても、来なくても、どちらにしても自分を取り巻く状況《じょうきょう》は最悪な気がする。そして、何もできない自分を歯痒《はがゆ》く思う。

静かな夜、不安と焦燥《しょうそう》だけが満ちていく。だけどもし明日、館長が来てくれたなら、これを渡して、ごめんなさいを言おう。

毛布の中でサングラスをぎゅっと握《にぎ》り締《し》めて、ヒャッカはそう決めた。

冷たい夜、手の中のサングラスだけは暖《あたた》かかった。

ケリポット図書館　正面玄関

午前七時――開館にはまだ早い時刻。屋根裏部屋から一階に下りてきたレクトはカウンター前を通り抜け、新刊、雑誌・新聞コーナーになっている廊下を歩き、正面玄関の扉に手をかけた。

と、二階の螺旋階段《らせんかいだん》の上からリーフの声が降ってきた。

「レクト君、おはよ。今日は早起きだけど、どーしたの？」

「よお、リーフ。昨日早く寝たから、今朝は早く起きただけだ。だけど、起きたはいいがすることなくて退屈《たいくつ》だから、ちょっと散歩にでかけるところだ」

「ふーん、そうなんだ」

カンカンと鉄の螺旋階段を足で踏み鳴らし、リーフは一階に降り立つと、

「忘れ物はない？」

「多分、ないぞ」

正面玄関の前にいるレクトの方に歩いていって、

「ハンカチは持った？」

「きちんとあるぞ、ずっと前から入れっぱなしだ」

「ティッシュも大丈大？」

「……多分、あるぞ」

「おやつはきちんと用意した？」

「途中で買うから大丈夫だ」

そんな会話をしながらリーフは館長の真前までやってきて、

「DDDは忘れてない？」

「おう、ばっちりだ」

にっと笑って、レクトがベルトに挟《はさ》んだ赤い童話を取り出してみせる。

「ねえ、レクト君はどっちを選ぶか、ちゃんと決めた？」

世界とヒャッカ、どちらを選ぶのか、という昨夜と同じ質問だ。

あの時、レクトは曖昧《あいまい》に惚《とぼ》けて誤魔化《ごまか》した。だけど、今はきっちりリーフの目を見て、

「俺は欲張《よくば》りだから両方だ」

迷いの欠片《かけら》もなく断言《だんげん》してみせた。

「まあ、そんなの選ぶような状況になる前に俺だったら、上手くやるけどな」

昨夜、改めて読んだポリグロット・ルードワーズのDDDの鑑定記録《かんていきろく》にあった、ある記述を思い起こし、レクトはにやっと笑う。

そんな館長の肩を、頑張《がんば》って、というふうにリーフはぱんっと小さな手で叩《たた》いて、

「行ってらっしゃい、帰りはヒャッカちゃんも一緒《いっしょ》だね」

「ああ、そうだな。じゃあ、行ってくる」

リーフの言葉にレクトはしっかり頷いて、玄関の扉を開ける。そして、朝の清冽《せいれつ》な空気の中、彼は真中で端っこの道《セントラル・エッジ・ストリート》へ最初の一歩を踏みだした。


「……行ってしまいましたな」

レクトの後ろ姿が道の彼方《かなた》へと消えたあとも正面玄関の前に立っていたリーフに、後ろから現れたコンラッドが声をかける。

「さてさて、どうなることやら」

「レクト君なら、きっと大丈夫だよ。もちろんヒャッカちゃんもね」

館長が歩いていった方角に視線《しせん》をむけコンラッドが呟《つぶや》けば、リーフは決まりきった未来でも話すように断言《だんげん》する。

「ほお、それはどうしてですかな?」

「だってレクト君はケリポットのかんちょーだもの」

根拠《こんきょ》などまったくない、だけど自信だけはたっぷり乗ったリーフの発言。それにコンラッドは厳《いか》つい顔を歪めて苦笑《にがわら》い、

「なるほど、たしかにその通りですな。ですが……」

唐突《とうとつ》に声のトーンを下降させ、

「あれだけはどうにかして欲《ほ》しかった気もしますが」

「それはリーフもちょっと思ったかも」

犯罪者のレクトが手に持っていた、外を堂々と歩くために必要な変装《へんそう》の小道具。あれを思い出し、老人と子供は同時にちょっと乾《かわ》いた笑いを浮かべてみせた。

セントラル・パーク

午前七時四五分——天気はいいが、まだ朝の時間帯のためか営業している露店《ろてん》の数もさほどなく、人間の数自体が少ない。

そんな公園をレクトがふらふら歩いていると、

「ケリポットの館長さん……なのですか？」

何故《なぜ》か後半を疑問形《ぎもんけい》で声をかけられた。

声のした方にレクトが顔をむければ、ヒャッカのジャケットを白い服の上から羽織《はお》ったクラックス・レティがちょっと怯《おび》えた顔でこっちを見ていた。

彼女の警戒《けいかい》をほぐすように、レクトは軽く手を振って、

「たしかに俺は館長さんだぞ。ちなみにレクトと気安く呼んでくれ」

惚《とぼ》けた口調で話しかければ、レティもすぐに自分のペースを取り戻し、

「その仮面《かめん》ってなんですか？」

無遠慮《ぶえんりょ》にレクトの顔——正確には顔の上に被《かぶ》っているお面を指差し、そう尋《たず》ねてみせた。

灰色系《はいいろけい》の絵の具で彩色《さいしき》された、どこかの原住民《げんじゅうみん》の作品っぽい細長い木のお面、それをレクトは変装用に被って歩いていた。もっとも、変装というよりは仮装《かそう》といった方が正しいかもしれないが。

朝の公園を歩く人々は、誰《だれ》もが皆《みな》、レクトの前では早足になって通り過ぎていく。だけど、そんなことレクトもレティも気にせずに、

「こいつははるか南国に住む、ポケポケ族っていう少数部族の祈禱師《きとうし》が神に祈りを捧《ささ》げる時に使うお面だ。ちなみにポケポケの連中は白い蝸牛《かたつむり》を神として崇《あが》めてるんだ」

仮面にぽっかり開いた二つの穴から、青紫の瞳で外を覗《のぞ》きこみながらレクトが言う。すると、レティは両手の平をぱんと合わせて、感心したように頷いて、

「へ——、そうなんですか」

「いや、嘘《うそ》だ。ほんとは露店で買った安物だ」

「騙《だま》されちゃったです。でも、どうして、そんなの被ってるんですか」

「たんなる趣味《しゅみ》だから気にするな」

「はい、わかりましたです」

こくんと頷き、本当にまったく仮面を無視するレティ。それにレクトは仮面の裏で少し寂《さび》しそうな表情をつくる。

そんな仮面の裏にあるレクトの複雑《ふくざつ》な心境《しんきょう》に、レティは気付きもしないで、

「それでは、そろそろ館長さんをご案内です」

「どこに連れていってくれるんだ?」

「きっと館長さんが会いたいと思ってる人のところなのです」

それだけ言うとレティは踵《きびす》を返し、予《あらかじ》め用意しておいた馬車にむかって歩き出した。

教会　聖堂

一〇〇年ほど昔は、人々が祈りを捧《ささ》げ、祭司が聖典《せいてん》を唱《とな》え、神が座《ざ》していた。まだ、その頃の残滓《ざんがい》がわずかに堆積《たいせき》している教会の聖堂。

朽《く》ち果《は》てた礼拝者のためのベンチ、窓から零《こぼ》れ落《お》ち、床に散《ち》らばるステンドグラスの破片《はへん》、そして、祭壇《さいだん》に突き立てられた石の十字架《じゅうじか》にヒャッカは鉄の鎖で縛《しば》られていた。両腕ごと十字架にぐるぐる巻きにされて、鎖が外れないように小さな鍵《かぎ》までかけられている。

そんなヒャッカに少年――アルカ・テレウスは話しかけてきた。

「君は神を信じるかい?」

「いても、いなくてもどっちでもいいです。どうせ、私には関係ありませんから」

この国で主流のパテランド教団の聖典にはマガイモノのことなど一節も記述されていない。きっと神様は人間を救うので精一杯《せいいっぱい》で、マガイモノは救えないのだろう。あるいは、人間の紛《まが》い物《もの》など最初から救うつもりがないのかもしれない。

だから、神様には興味《きょうみ》ない。

「ふーん、そうなんだ。ちなみに僕は神なんて信じていない」

ヒャッカの答えにくすりと笑い、少年は聖堂で神を冒瀆《ぼうとく》する言葉を吐《は》き、

「なら、神ではなく君の館長のことは信じているのかな？」

「……わかりません」

旗袍《チーパオ》の衿《えり》に挟《はさ》んで持ってきた、丸レンズのサングラスに視線を落として、ヒャッカは答える。

館長を信じたいと思う時もある。だけど、そういう時に限ってレクトはふざけた言動《げんどう》で全《すべ》てを台無しにして、信じさせてくれない。

「そういうあなたはどうなんですか」

質問を返され、テレウスはつまらなそうな顔になり、口を開く。

「僕は誰も信じない、自分以外の誰もね」

冷たい言葉が聖堂に響いた。

グーデリア郊外

緑生《お》い茂《しげ》る森の獣道《けものみち》を草木を掻《か》き分《わ》け、進みながら、

「どこまで行くんだ?」

先導《せんどう》するように前を歩くレティに、いいかげん疲《つか》れた顔でレクトが問いかける。

セントラル・パークで乗った馬車を都市の外周部を出てしばらくのところで降りて、ずっと歩きっぱなしだ。重くて、持ち運ぶのがきつかった仮面は、少し前に土に埋《う》めて自然に還《かえ》した。もしかしたら、白い蝸牛《かたつむり》の木でも生えるかもしれない。

「多分、もう少しなのです」

「その台詞《せりふ》、さっきも聞いたな」

「そうでしたか?」

「もしかして、道に迷《まよ》ったとか? まあ、こんな森深くで二人っきりで迷子《まいご》っていうのも、けっこう楽しいかもしれないいな」

ジャケットを羽織《はお》ったレティの後ろ姿を眺めながら、レクトが暢気《のんき》に呟く。すると、案内人はちょっと不安そうに、

「えっと、多分大丈夫です。この先に教会があるはずです」

「そこにヒャッカがいるのか？」

「はい、それに私のマスターも待っているのです」

「なるほど、このあたりで教会っていうとパテランド教団のが一つあったな」

「知ってるんですか？」

「まあな、仕事サボって、暇《ひま》つぶしに読んだ『猿でもわかるグーデリア』って本にその教会のことが書いてあったぞ」

完全無欠の青紫の瞳をもつ欠点だらけの男は、眼球《がんきゅう》の中の記憶《きおく》を手繰《たぐ》るように瞬《まばた》きして、

「たしか一〇〇年ぐらい前に教団から異端《いたん》のレッテル貼《は》られて弾圧《だんあつ》されたって話だったな。教団は国に働きかけて軍を出動《しゅつどう》させて、追《お》い詰《つ》められた司祭と信者たちは教会の聖堂に籠城《ろうじょう》したらしいな。だが、不思議なことに軍が教会に踏みこんだ時には猫一匹いなかったらしいな」

「きっと、そこのことです。私たち、誰もいない教会に住まわせて貰《もら》ってるのです。でも、さすが図書館の館長さんは物知りですね」

タネを知らないレティが素直に感心《かんしん》する。するとレクトは調子に乗って、

「これぐらいなんでもないぞ。ところでケリポットは美人な女性職員を随時絶賛募集中《ずいじぜっさんぼしゅうちゅう》なんだが。ちなみに今なら特典《とくてん》で何でも知ってる賢《かしこ》い館長と仲良くなれる権利《けんり》がついてるぞ」

「あはは、それは魅力《みりょく》ですね。でも私にはマスターがいますから、ごめんなさいです」

「そいつは残念」

スカウトに失敗して、レクトは落ち葉が積もった足元に視線を落とす。

DDDを巡《めぐ》って敵同士の二人、なのに緊迫感《きんぱくかん》などまったくなく戯《ふざ》けるような会話をしながら細い獣道《けものみち》を歩いていく。

「ちなみにさっきの司祭と信者たちが集団失踪《しゅうだんしっそう》した話には後日談《ごじつだん》があって……」

毒にも、薬にもならないお喋《しゃべ》りをレクトがさらに続けようとした時、

「あっ、到着なのです」

レティが立ち止まる。唐突《とうとつ》に獣道は終点を迎《むか》え、森が途切《とぎ》れる。

森の奥には人に、そして神に捨てられた異端の教会が建っていた。

教会　聖堂

コツコツコツと誰かが歩いてくる足音がして、祭壇の十字架に鉄の鎖でぐるぐるに縛られていたヒャッカは扉の方へ顔をむけた。レティだけか、それとも館長も一緒か、足音だけではよくわからない。来て欲しいような、だけど来て欲しくないような複雑《ふくざつ》な気分だ。

そんなヒャッカの心を見透《みす》かすように、祭壇の階段に腰かけていたアルカ・テレウスは揶揄《からか》うような口調で話しかけてくる。

「さて、君の館長は来てくれたかかな?」

「私の館長ではありません、ケリポット図書館の館長です」

ヒャッカが訂正《ていせい》すれば、テレウスはつまらなそう表情で、

「細《こま》かいことはどうでもいいよ、興味《きょうみ》もないしね」

「興味があるのはDDDだけですか」

生意気《なまいき》で、傲慢《ごうまん》な少年に、ヒャッカが皮肉をぶつける。すると、彼は扉の方に顔をむけ、

「それはちょっと違うかな。僕が興味あるのは、このくだらない世界を壊すことだよ」

足音が鳴り止み、外から開きかけた扉のむこうを眺めて、

「おめでとう、どうやら君の館長は来たようだ」

やっぱりつまらなそうにそう言った。


一〇〇年分の時間が停滞《ていたい》していたかのような、埃《ほこり》っぽい空気が漂《ただよ》う聖堂にレクトが足を踏みいれると、

「ようこそ、レクト・ルードワーズ。君は僕の望みを叶《かな》えるモノを持ってきてくれたかな」

祭壇の前にいた子供が、よく響く高い声で話しかけてきた。

そんな子供の顔を見て、平べったい胸に視線を落とし、

「なんだ、男か」

レクトはがっかりしたように呟いた。すると少年はくすりと笑い、

「ご期待に添《そ》えずに残念だったね。ああ、それと妙《みょう》なことは考えない方がいいよ、死にたくなかったらね」

扉を開いて、すぐに自分の背後に廻《まわ》ったレティ。さっきから背中にあたっている細く、尖《とが》った感触《かんしょく》から、少年の言葉の意味を正しく悟《さと》り、

「どうやら、そうみたいだな」

レクトはおおげさに肩をすくめてみせる。それから視線をテレウスから少し横に移動させる。そこには十字架に縛られたヒャッカがいた。

何か言いたくて、だけどどう言えばいいかわからず、迷《まよ》っている目でヒャッカはレクトを見ていた。ありがとう、ごめんなさい、いろいろな言葉が喉《のど》まであがって、結局何も言えずに消えていく。

そんなヒャッカのところまで一直線にレクトは歩いていく。まるで図書館の廊下でばったり出会ったような感じで軽く手をあげ、

「よお、ヒャッカ。なんだか面白い格好《かっこう》してるな。もしかして、趣味か？」

「っなわけないでしょ、このバカ館長！」

「ふむ、なんだかせっかくの感動的再会シーンが台無《だいな》しだな」

「そうしたのは館長です！」

戯《ふざ》けたレクトのペースにヒャッカも巻き込まれ、ごめんなさい、を言うのも忘れて、

「だいたい、なんで来たんですか、ＤＤＤは――」

「こいつが世界を壊せる、物騒《ぶっそう》な童話だって話なら知ってるぞ」

レクトはベルトに挟《はさ》んだＤＤＤを取りだし、ヒャッカに、そしてテレウスに見せびらかすように掲《かか》げてみせる。

古ぼけた、赤い童話にテレウスは満足そうに目を細める。そして、ヒャッカは館長を非難《ひなん》するように、

「だったら尚更です。なんで来たんですか」

「そんなの決まってるだろう」

じっと青紫の瞳でヒャッカを見据《みす》え、レクトは静かに、だけどよく響く声で言う。

「ヒャッカに会いに来た」

「……館長は馬鹿です」

「そうかもな」

「そうです、館長はほんとに大馬鹿です」

伝えたい気持ちとは違う言葉を、ヒャッカはぽつりと呟く。それでも気持ちはレクトに伝わり、彼は優《やさ》しく目を細め、素直《すなお》でない彼女を見る。

と、そこにテレウスの声が横から割りこんできた。

「さて、そろそろいいかな。ＤＤＤを僕にくれないか」

少年の要求を拒否《きよひ》するよう、ヒャッカが切迫《せっぱく》した声で叫ぶ。

「館長、駄目です！」

レクトは少年と彼女を見比べるように視線を二度ほど往復させたあと、さっきからずっとちくちくと背中に刺《さ》さる、尖《とが》った感触に肩をすくめ、

「まあ、仕方ないか。こいつはお前に貸してやる」

ＤＤＤをテレウスに渡してしまう。ようやく己《おのれ》の目的を叶えるための手段を手中に収めた少年はレクトを嘲《あざわら》うように口元を歪め、

「君は愚《おろ》かだね、マガイモノなんか見捨てればよかったのに。代わりはいくらでもいるだろう」

「代わりなんてないぞ、ヒャッカは一人だけだからな」

レクトがわずかに不快そうに眉《まゆ》をひそめる。するとテレウスは試《ため》すように問いかけてくる。

「だったら、世界が終わっても後悔《こうかい》はない？」

「そうなるとは限らないだろ。それに世界が終わることなんて誰も望んでいないしな。ＤＤＤを造ったサーペントも、そいつの使い方を知っていたケリポットのじいさんも。だから、これまで世界は終わらなかったし、これからも終わらないさ」

「僕は望んでいるよ。他のみんなだって心の底では望んでいるはずなんだ。ただ、それを言葉にして、実行しないだけでね。だから、僕が世界を壊してあげるんだよ」

「まったく、ありがた迷惑な話だな」

不真面目《ふまじめ》に惚《とぼ》けたようにレクトが笑えば、テレウスは冷たい声で、

「世界は終わるよ、僕が終わらせる。そろそろ始めようか、君も真近で世界が壊れるのを見るといい」

「随分《ずいぶん》とせっかちだな」

「そうでもないさ、僕はもう何年もこの時を待っていたんだから」

少年は会話を打ちきり、聖堂の中央へと歩いていく。中央に辿《たど》りついた彼はくるりと祭壇の方をむき直ると、鳥が羽ばたくように両手を大きく広げて、

「さあ、終わりの始まりだ！」

興奮《こうふん》に震《ふる》える声で、そう宣言した。


——赤い童話よ、今こそ世界の終わりの物語を紡《つむ》げ
まるで聖典《せいてん》を詠《よ》む祭司のように、厳《おごそ》かな声でテレウスはDDDの封印《ふういん》を言葉の鍵で開け放つ。

次の瞬間、赤い童話に隠されていた魔術式が一五〇年の眠りからゆっくりと目を覚ます。

テレウスとDDDを中心に、光の線が展開し、半円型の魔《ま》方陣《ほうじん》が空間に刻《きざ》まれる。

万の制御式《せいぎょしき》が発動し、千の言葉を統合《とうごう》し、百の意味を生みだして、十の意志に基《もと》づいて、一つの世界を歪めていく。

歪んだ空間が軋《きし》みをあげて規律正《きりつただ》しいリズムを刻み、それは聖堂の高い石積みの壁に反響《はんきょう》し、

滅《ほろ》びの唄《うた》を謳《うた》い出す。

それを祭壇の十字架に縛られたまま、ヒャッカは眺めていた。世界が歪んで、狂《くる》って、壊れていく。認めたくはないが、とても綺麗《きれい》な光景だった。

ただ呆然《ぼうぜん》とヒャッカが縛られたまま立ち尽くしていると、

「なんか繁華街《はんかがい》のネオンみたいだな、そういえば最近、遊びに行ってねえな」

この状況でもまったく無責任で、暢気《のんき》なレクトの声に、ヒャッカは我に返る。

「館長、戯《ふざ》けたこと言ってる場合じゃ……」

そう言いかけて、レクトが膝《ひざ》をついて、ちょうど胸のあたりに巻かれている鎖を両手でガチャガチャ動かしてるのに気付き、

「どさくさに紛《まぎ》れて、どこ触ってるんですか、このエロ館長！」

恥《はず》かしさに顔を真っ赤して、体をじたばたさせて抗議する。するとレクトは鎖に——正確には鎖に絡《から》んでいた鍵をもっていた手を止めて、

「動くな、解錠《かいじょう》できないだろ」

そう言った彼の手には曲がった針金みたいな鍵開け道具があった。どうやら鍵を解いて、ヒャッカに巻かれた鎖を解こうとしてくれてるらしい。

自分の誤解《ごかい》に気付いたヒャッカは、ちょっと誤魔化《ごまか》すようにそっぽをむいて、

「館長、鍵開けなんてできたんですか」

「任《まか》せろ、錬金術師の前は錠前師で食ってたからな」

「手品師だったんじゃないんですか」

「あ――、錠前師はその前だったな」

惚《とぼ》けるようにレクトは言って、それからカチリと音がした。

「よし、解けたぞ。まだまだ腕《うで》は鈍《にぶ》ってないな」

満足そうに鍵を鎖からレクトが外す。そして、ヒャッカを縛っていた鉄の鎖がじゃらっと音をたてて床に落ちた。

体が自由になると同時に、ヒャッカは足を動かし、聖堂の中央でDDDとともにある少年を見守っていて、隙《すき》だらけだったレティの背中に思いきり蹴《け》りを叩《たた》きこむ。

後ろからの不意打ちに、レティは祭壇の階段からごろごろ転がり落ちて、

「な、なにすんですか！　脳の中味が耳や鼻から出ちゃうかと思うぐらいに痛かったのです」

両手で頭を抱《かか》えて、涙目で抗議《こうぎ》してくる。そんなのお構いなしにヒャッカは彼女にずかずかと大股《おおまた》で近づいて、

「私のジャケットを返しなさい！」

レティが羽織《はお》っていたジャケットを問答無用《もんどうむよう》で奪《うば》い返《かえ》す。そして、橙の旗袍《チーパオ》の上から一日ぶりにジャケットに袖《そで》を通した。

すぐに両手を掲げ、聖堂に展開する魔方陣《まほうじん》――その中央に立つ少年に狙《ねら》いを定める。

「私は世界がどうなろうが構《かま》いません。でも、だけど、ケリポットだけは絶対に無くさせません！」

そう、ケリポットは絶対に守る。これは初代館長との約束で、自分の願いだ。そして、テレウスが壊し、終わらせようとしている世界の中にケリポットはある。

だったら、世界ごとケリポットを守ってみせる。

そんな決意を滲《にじ》ませて、ヒャッカは凛《りん》とした声で詠唱《えいしょう》を開始する。

「光の章・第二の神畏《しんい》」

謳《うた》うような声とともに、彼女を取り巻くように光の羽根《はね》が舞《ま》い乱《みだ》れる。

「伝承にありしは聖なる鐘《かね》を携《たずさ》えし御使い」

ジャケットが歪み、古びた数十枚のページに変わる。その紙切れに記述された異端《いたん》の神がヒャッカの背後にゆらりと半透明の姿で具現化する。偉大《いだい》なほどに巨大な純白《じゅんぱく》の羽根をもち、白いローブで全身を覆《おお》い隠《かく》した、偉大《いだい》なりしモノの代理者。手には精巧《せいこう》な細工《さいく》の施《ほどこ》された、金の鐘を携えていた。

「古《いにしえ》の誓約《せいやく》に基づき、今こそ滅びの音《ね》を打ち鳴らせ」

ヒャッカの魔術が発動すると同時に、それは鐘を振って掻《か》き鳴らす。すると耳障《みみざわ》りで、甲高《かんだか》い断末魔《だんまつま》のような音が密閉《みっぺい》された聖堂に響《ひび》き渡《わた》る。その音は物理的《ぶつりてき》に収束《しゅうそく》されて、聖堂の床を抉《えぐ》りながら、少年にむかって一直線に突進していった。

だがしかし、光の線で描《えが》かれた魔方陣に接した途端《とたん》、音は霧散《むさん》し、そのまま何事もなかったかのように聖堂は静まり返る。

それを見て、ヒャッカは絶望に膝《ひざ》を折り、力なく床にへたりこむ。世界を壊せる歪みとたった一つのマガイモノ。力の差は歴然《れきぜん》だった。

DDDを中心に歪み、終わろうとする世界を拒絶《きょぜつ》するようにヒャッカは俯《うつむ》き、

「世界ってこんなに簡単に壊れちゃうようなものなんですか。私はケリポットのみんなとずっと図書館をやっていきたいのに。それに館長にもまだごめんさいって言ってないのに。なのに、これでお仕舞《しま》いなんて……」

自分の無力さを悔《く》やむように、唇《くちびる》を噛《か》み締《し》める。涙がぽたりと床に落ちる。

とそこに上からぽんっと頭に大きな手が被《かぶ》さってきた。そして、穏《おだ》やかな声が降ってきた。

「大丈夫、世界はまだ終わらないぞ」

「えっ？」

確信《かくしん》に満ちた、その言葉にヒャッカが思わず顔を上げる。すると、彼女の頭に手を置いて、こっちを見下ろしていたレクトと目が合った。

その瞬間、DDDが暴走《ぼうそう》を開始した。

DDDを中心に展開《てんかい》していた半円型の魔方陣が歪んで、光の線がのたうつように暴《あば》れだす。

万の制御式が停止して、千の言葉が離反《りはん》し、百の意味が消えさって、十の意志が叛逆《はんぎゃく》し、一

つの世界が修復《しゅうふく》していく。

歪んだ空間が不規則《ふきそく》なリズムを打ちだして、それは聖堂の高い石積みの壁《かべ》に反響《はんきょう》し、不協和音《ふきょうわおん》を奏《かな》で出す。

「……どうして？」

「これは、じいさんのレポートに書いてあったんだが、サーペント・D・スペンサーはDDDに封印を施《ほどこ》してたらしいぞ。そいつがどんなのかは知らないが、封印を解かずに、力を発動させると途中で強制的に停止するって話だ」

「なんだって、それをもっと早く教えてくれなかったんですか！」

「それはだな……」

「それは？」

「敵を欺《あざむ》くにはまず味方からってな。取り引きするのに、DDDがそれだけじゃ世界を壊せない欠損品《けっそんひん》だってばれたら、いろいろ面倒そうだったからな。駆け引きのコツは、欠点を隠して、相手の望むモノだけを見せてやることだ。どうだ、騙《だま》されただろ？」

見事に敵も、味方も騙しきったレクトがにやっと笑う。そういえば、最初から館長はまったく無責任なほどに暢気だった。その理由がやっとわかった。

「詐欺師《さぎし》……」

「残念ながら、その職業は今のところ経験ないな。まあ、嘘つくのは得意だけどな」

人生そのものが嘘ばっかりで、詐欺師っぽいレクトが、ちょっと得意げに口元を釣《つ》り上げる。

とその時、強制停止《きょうせいていし》したDDDが余剰《よじょう》の歪《ゆが》みを物理的な力に換《か》えて、魔方陣から一気に排出した。

密閉《みっぺい》された聖堂は閃光《せんこう》と爆風《ばくふう》で満たされた。


閃光と爆風が止み、静寂《せいじゃく》を取り戻した聖堂。その中心で、少年はこの結末に呆然《ぼうぜん》としたように立ち尽くしていた。だが、すぐに屈辱《くつじょく》に顔を歪ませて、

「ふざけるな、たった一つ、一つでいいんだ。僕はこの世界が大嫌いだ、こんな世界壊れてしまえばいい！」

感情のままに喚《わめ》き散《ち》らし、DDDを床に叩きつけ、

「それなのに、なんで、どうして、僕の望《のぞ》みは叶わないんだ！」

ひたすら喚き、最後にはだらんと両腕を垂《た》らし、

「なんで、なんでなんだ。僕はこんな汚《きたな》い世界はいらないのに。壊れちゃえばいいのに」

顔を俯《うつむ》かせ、ぶつぶつと小声で世界への呪詛《じゅそ》を呟き続ける。

と、こつんと天井《てんじょう》から石の欠片《かけら》が降ってきた。耳を澄《す》ませば、建物全体がぎしぎしと軋《きし》むような音もする。

「……崩《くず》れるな」

レクトがぼそっと呟く。一〇〇年以上前から放置《ほうち》されていた建物、しかもさきほどの爆風といよいよ限界《げんかい》が来たらしい。

「マスター、ここは危ないのです」

レティもそれに気付いたらしく、テレウスの手を引っ張って聖堂から脱出しようとする。だが、少年は彼女の手を振り払い、

「うるさい、ほうっておけ！」

「駄目《だめ》です、こんなところにいたら死んじゃうのです」

その場を動こうとしない少年。考えるのは苦手《にがて》なレティだが、自分で必死に考えて、自分が正しいと思った事を実行《じっこう》に移した。

「マスター、ごめんなさいです」

先に謝《あやま》ってから、少年の首に鋭《するど》い手刀を打ちこむ。意識を無くし、膝《ひざ》から崩れ落ちそうになった主の腰を抱えて、肩に乗せる。それから聖堂を一気に走り抜け、扉から外へと出ていった。

「館長、私たちも早く逃げないと」

ヒャッカが急《せ》かすようにレクトを促《うなが》す。既《すで》にかなり大きな破片《はへん》も降ってきている。聖堂の崩《ほう》壊《かい》まで時間がない。

「そうだな、石に潰《つぶ》されてぺっちゃんこってのは、あまり楽しくなさそうだしな」

「楽しかったら、潰されるつもりですか」

「まあ、その時の状況によりけりだな」

「ああ、なんで館長はいつも不真面目《ふまじめ》なんですか。もうちょっと真面目に生きて下さい！」

こんな時までぼうふらみたいに不真面目で、頼りない館長の腕をぐいっと引っ張って、ヒャッカは聖堂の入り口にむかって走りだす。途中でテレウスが床に叩きつけたＤＤＤを回収《かいしゅう》し、あとはひたすらに走りつづける。

走っている横で大きな石が落下してきて、辛《かろ》うじて原型を留《とど》めていたベンチをぐしゃぐしゃに潰してしまう。それでも扉まであと一歩というところまでどうにか辿《たど》りつき、ヒャッカはほっと表情《ひょうじょう》を和《やわ》らげた。

その時、いきなり後ろからレクトに背中を押され、何があったのかもわからぬままにヒャッカは、扉の外へと吐き出された。勢いあまった足は絡《から》まり、転んでしまう。

次の瞬間、後ろから音がした。

転んだまま首を捻《ひね》って聖堂の方を振りむく。するとさっきまで自分がいた場所に建物の大きな破片が落下して、床に突《つ》き刺さっていた。そして、その破片のむこうにはヒャッカを突き飛ばした体勢《たいせい》のままのレクトがいた。

館長が困ったように微笑《ほほえ》む。その意味が最初はわからなかった。だけど、すぐに理解できた。床に突き刺さった破片は聖堂の扉を塞《ふさ》ぎ、聖堂の内と外を隔《へだ》てていた。そして、新たな破片が降り注《そそ》ぎ、完全に塞いでしまった。

「館長！」

　ヒャッカが館長を呼び、手を伸ばす。その声は聖堂の崩壊音《ほうかいおん》に掻き消され、彼女の手は誰も摑《つか》むことができなかった。

廃墟《はいきょ》

　瓦礫《がれき》の山があった。ここには、ついさっきまで教会の聖堂があった。今は瓦礫の山でしかない。

　そんな瓦礫の上に一人の少女がいた。彼女は一つ、一つの破片を脇《わき》に退《ど》かし、瓦礫を取り除こうとしていた。

　たった一人、それもさほど力もない少女、全《すべ》ての瓦礫を取り除くのには何日も、あるいは数十日もかかるかもしれない。だけど、彼女はひたすら破片を持ち上げ、それを瓦礫の山から取り除いていった。

　色鮮《いろあざ》やかな橙《だいだい》の旗袍《チーパオ》やその上に羽織《はお》ったジャケットは埃《ほこり》で薄汚《うすよご》れ、足や手には尖《とが》った破片で擦《す》れてできた幾《いく》つもの傷がある。破片を持つ手は、爪《つめ》が割れ、指の先の皮は擦り切れ血が滲《にじ》んでいた。

　それでも彼女――エイラク・ヒャッカは何かを堪《た》えるように黙《だま》ったまま、投げ出すことなく瓦礫の山を取り除いていった。

　こんなことをしても無駄なことはわかっている。もしも、この下に館長がいたとしても、彼が戯《ふざ》けて自分で言ってたみたいにぺっちゃんこになっているかもしれない。だけど、それでも止めることはできなかった。

　と、地面から突き出ていた瓦礫のでっぱりに足をとられて、ヒャッカは転んでしまう。無言で、服についた埃も払わず立ちあがろうとした時、膝からじわっと赤いものが滲《にじ》み出てきたのを見つけてしまい、痛さがこみあげてきた。それまでずっと我慢《がまん》していた涙が目から溢《あふ》れてくる。

　膝ではない、もっと違うどこかが痛くて、

「館長のろくでなしぃぃ――――！」

　耐《た》えられない痛みを誤魔化《ごまか》すように、虚空《こくう》に叫ぶ。

　その時、鐘が鳴った。聖堂の傍《かたわ》らに建《た》っていて、今は瓦礫の傍らに建っている尖塔《せんとう》の天辺《てっぺん》にある鐘が鳴り響く。そして、鐘の音に交じって声がした。

「その台詞《せりふ》も久しぶりだな」

　何だか惚《とぼ》けたような、嬉《うれ》しそうな、瓦礫の下にいるはずの誰かの声がした。ヒャッカが声のした方を振りむけば、

「館長！」

レクト・ルードワーズが、尖塔から自分の方へ歩いてくる姿があった。

「館長、館長、館長！　ほんとうに館長なんですね」

今、目の前のレクトが現実であることを確かめるようにヒャッカは何度も繰り返し、瓦礫に何度も転びそうになりながらも駆けよる。

そんなヒャッカにむかって、レクトは軽く手をふって、

「よお、館長だぞ。それにしても、なかなかにドキドキの体験だったぞ。ここの教会の裏話を知ってなかったら、ほんとにぺちゃんこになってるところだったしな」

惚けるように笑って、軽口を叩く。だけど、まだその事実が半分ぐらいしか信じられなくて、手の届く距離まで近づいたヒャッカは館長がちゃんとここにいるのを確かめるように、彼の服の裾《すそ》をそっと握る。

しっかりと自分の手に伝わってくる生地《きじ》の感触《かんしょく》に、ヒャッカは安堵《あんど》し、それからようやく彼に話しかけた。

「裏話ですか？」

「ああ、異端《いたん》のレッテル貼《は》られたここの教会の司祭と信者たちが聖堂に追いつめられて籠城《ろうじょう》したんだが、軍の連中が聖堂に踏みこんだ時には一人残らず消えちまってたって話だ。まあ、タネを明かせば、聖堂の祭壇の裏に抜け道があって、それが尖塔に繋《つな》がってただけなんだけどな」

つまり、レクトはその抜け道を通って、聖堂から脱出したのだろう。言われてみれば、頭に蜘蛛《くも》の巣《す》がついていたりして、服もけっこう汚れている。

「それにしても……」

「な、なんですか？」

ヒャッカの顔を見て、レクトはにっと笑い、

「ヒャッカは、いつまで経《た》っても泣き虫だな」

「私は泣き虫なんかじゃありません」

涙が滲んだ目で、強情にヒャッカが否定する。

と、レクトの胸ポケットに丸レンズのサングラスがあるのに、ヒャッカは気付き、

「館長、そのサングラスは……」

確かめるように自分の旗袍《チーパオ》の衿《えり》を見れば、そこに挟んでおいたサングラスがいつの間にか無くなっている。聖堂でのごたごたの最中に落としてしまったらしい。

「こいつか、聖堂で抜け道探してる時に床に落ちてたのを見つけてな。前のとそっくりだから、貰《もら》ってきたんだ」

「そうですか」

「ああ、そうだ。どうだ、似合《にあ》うか？」

胸ポケットからサングラスを取り出し、レクトはそれを上機嫌《じょうきげん》でかけてみせる。

そんなレクトを見つめて、ヒャッカはぽつりと囁《ささや》くように、

「館長……ごめんなさい」

サングラスを踏んで壊してしまったことや事情も知らないで館長を怒ったことを謝る。すると、ぽんっと頭を撫《な》でられた。やっぱり懐《なつ》かしくて、安心できる、大きな手にヒャッカがそっと目を瞑《つぶ》る。

「気にすんな、それに俺にはヒャッカが必要だからな」

「えっ」

優しく囁くように告げられたレクトの言葉に、いきなり自分の鼓動《こどう》が跳ねあがるのをヒャッカは感じた。思わず目を開け、顔を上げると、レクトの顔がすぐ近くにあった。互いの呼吸《こきゅう》を感じられるぐらいの距離だ。

いつも図書館で見《み》慣《な》れている顔なのに、今はどうしてだかマトモに見れない。

鼓動がまた早くなり、朱色《しゅいろ》に染《そ》まった顔を隠すように、また俯《うつむ》いてしまう。それに頭を撫でる館長の手が暖かくて、何だか落ち着かない。

初代館長に誉めてもらって、撫でられた時は嬉しくて、眠くなるみたいな安心感があった。なのに、それとは正反対だ。

それとさっきから何故か頭がくらくらして、思考が纏《まと》まらない。

こんなの初めてだった。まるで風邪みたいな症状だったけど、どうしてだか不快ではなく、

むしろ心地よかった。

「あ、あの、館長……」

何を言おうとしてるか、自分でもわからなかった。だけど、確かに何か大切な事を伝えたくてヒャッカが口を開いた、その時。

「それにヒャッカがいないと、面倒事《めんどうごと》が全部俺に回ってきて、昼寝もできないしな」

そう言って、レーベン兄弟みたいにははは、とレクトが笑う。何だか、これまでの全てを台《だい》無《な》しにするような笑いだった。

そんな館長を見ていたら、さっきまでの奇妙な症状は何故かぴたりと収まった。伝えたかった言葉も、どこか遥《はる》か彼方に消えてしまった。そしてヒャッカは両手を掲《かか》げて、まだ笑っている館長に狙《ねら》いを定め、

「少しは真面目に生きろ、このろくでなしの駄目館長！」

叫んで、それから魔術で館長を吹き飛ばした。

そんなろくでなしな館長とマガイモノの職員を祝福《しゅくふく》するように、異端《いたん》の教会の鐘《かね》はいつまでも鳴っていた。

終章

消毒液《しょうどくえき》の匂《にお》いがかすかに漂《ただよ》う、グーデリア市立病院。その三階にある三〇一号室から、嬉《うれ》しそうな悲鳴《ひめい》が壁を突き抜けて、廊下まで響《ひび》いてきた。

「ほんと、ほんとに、ほんとですか！」

信じられない、というふうに三〇一号室のベッドに横たわる老婦人——メアリー・ガードナーに、橙《だいだい》の旗袍《チーパオ》の裾《すそ》が捲《まく》れるのもお構《かま》いなしにヒャッカが詰《つ》めよる。

大げさに驚くヒャッカにメアリーは苦笑交じりに頷《うなず》いてみせる。

「本当だよ。ケリポット図書館の会員にならせて貰《もら》うよ。その代わり……」

途切れた言葉に、何が続くのかヒャッカは気付き、落ち着きを取り戻し、

「DDDは当館が責任をもって、お預かりします」

古ぼけた、誰も知らないような物語ばかりをつめこんだ、赤い童話。世界を歪め、壊せる可能性を秘めたモノ。そして、メアリーにとっては一番好きだった人がまだ傍《かたわ》らにいた頃の想い出を紡《つむ》ぐ宝物だ。

「ああ、頼んだよ」

「はい、任《まか》せてください」

　ヒャッカの約束の言葉に、老婦人は穏《おだ》やかに微笑《ほほえ》む。

　今はケリポットの館長室の書架《しょか》にある、赤い童話。あれを狙って、テレウスたちはまたやってくるだろう。レーベン兄弟にだって油断《ゆだん》はできない。DDDの秘密を知る、違う誰かがいるかもしれない。

　それにケリポットだって、一年後にはどうなっているかわからない。

　現実は物語みたいに、めでたし、めでたしでは終わらない。だけど、DDDは絶対に守ってみせる。

　世界が終わらない限り、明日が今日になる。そんなふうに世界はずっと続いていく。

　世界を壊させないために、ケリポットを存続《そんぞく》させるために、そして本を宝物のように大切に扱っている人の笑顔を守るために。

　自分だけでは駄目《だめ》かもしれない。だけど、ケリポットにはマガイモノの職員たち、そして館長がいる。みんなと一緒《いっしょ》ならきっと大丈夫だ。

　とメアリーが、ヒャッカの後ろに視線を移動させ、

「そういえば、一緒に来てた館長さんはどうしたんだい？」

「館長だったら、私の後ろにいるはずですが」

　そう言って、ヒャッカが後ろを振りむく。殆《ほとん》ど同時に、病室の扉《とびら》が外から勢いよく開いて、

「大変、大変、大変なんです！」

慌しい声と一緒にシモンズが飛びこんできた。彼女も約束の一月《ひとつき》にはまだ早いが、メアリーと一緒に正式な会員になるらしい。

「あの、その、レクトさんが長期入院中の女の子を病室から勝手に連れ出しちゃって、今、看《かん》護《ご》師《し》さんたちと病院の中を追いかけっこしてっあう！」

そんな彼女があわあわ慌《あわ》てふためきながら病室に入ろうとして、足を滑《すべ》らせ、転んでしまう。そして、開け放たれた扉のむこうから、がらがらと騒《さわ》がしい音が近づいてきて、

「よお、ヒャッカ。話は終わったか？」

暢気《のんき》な顔したレクトが廊下から顔をのぞかせる。館長は趣味の悪い丸レンズのサングラスと咥《くわ》え煙草《たばこ》はそのままに、白衣《はくい》に聴診器《ちょうしんき》という偽医者風《にせいしゃふう》の変装《へんそう》をしていた。

館長曰《いわ》く、郷《ごう》に入れば郷に従え、ということらしいが、病院だからといって医者の格好するのは間違っていると思う。しかも、今は何故か見知らぬ少女が収まった車椅子《くるまいす》を引いている。

「館長、その子は？」

嫌な予感がしてヒャッカが尋《たず》ねれば、レクトは無責任にへらっと笑って、

「さっき知り合った。きっと五年後には美人になるぞ。ちなみに名前は……」

言いかけた時、車椅子の少女が騒がしくなってきた後ろを気にしながら、

「ねえ、先生。追いつかれちゃうよ」

確かに廊下からばたばたと複数の足音が聞こえてきた。耳を澄《す》ませば、

「あんな先生、この病院にいた？」

「もしかして、偽物《にせもの》なんじゃないの」

「誰か自警団《じけいだん》に通報《つうほう》して！　不審者《ふしんしゃ》が潜《もぐ》りこんでるって」

そんな会話まで聞こえてくる。

「おっと、いけねえ。じゃあ、そういう訳《わけ》で、用事ができたから俺は行くぞ」

そう言い残して、レクトが車椅子を押して立ち去ろうとする。

「そういう訳って、どういう訳ですか！　きっちり、はっきり説明しなさい。っていうか、館長のやってることはあからさまに職業詐称《しょくぎょうさしょう》で、誘拐《ゆうかい》じゃないですか」

だがしかし、既に扉のむこうからレクトの姿は消えていた。そして、館長を捕まえるために、

「待ちなさい、このろくでなしの女ったらし！」

ヒャッカも病室を飛び出し、廊下へ踊り出ていった。

そんな元気一杯なヒャッカの背中を見送りながら、老婦人はしみじみと呟《つぶや》いた。

「やれやれ、面白い子たちと知り会っちまったね。これからが楽しみだよ」


【ケリポット図書館存続まであと九六八人】

あとがき

初めましての人も、お久しぶりの人もみんなまとめて、こんにちはの上田志岐《うえだしき》です。『イレギュラーズ・パラダイス——赤い童話のワールドエンド』を手にとり、読んでくれてありがとうございます。


本文を読んでからこのあとがきを読んでいる人。

あるいは買おうかどうか迷《まよ》ってまずはここに目を通している人。

榎宮《かみや》さんの表紙イラストに興味《きょうみ》を惹《ひ》かれて何気《なにげ》なくこの小説を手にした人。

はたまた隣《となり》に並んでいた本と間違えてしまった人。

それとも作者には想像もつかないようなすごい理由で読んでいる人もいるかもしれません。

いろいろな人が、いろいろな理由で、このあとがきを読んでいると思います。だから、作者はあなたがどういう理由で、この文章を読んでくれているかはわかりません。

ただ、できれば楽しんで読んで貰《もら》えたらと思います。

遠足《えんそく》は家に帰るまでが遠足です、じゃないですが、つまらないよりは、面白いあとがきの方がいいに決まっています。

さて、前置きはこれぐらいにして、ここからがあとがきの本番です。


まずは『イレギュラーズ・パラダイス』の基本情報《きほんじょうほう》についてです。

この作品は、ドラゴンマガジンの第六回龍皇杯《ドラゴンカップ》にエントリーした短編を種《たね》としたモノです。

ちなみ龍皇杯《ドラゴンカップ》とは——

『雑誌ドラゴンマガジン誌上で年一回開催される恒例企画《こうれいきかく》、六本の新作短編を二か月に渡って掲載《けいさい》。そして一番人気の作品はそのまま雑誌で連載決定！　毎月、読めちゃいます』

——というドラゴンマガジンのお祭企画です。

前述の説明はドラゴンマガジンに載《の》っていた文章を作者が独自《どくじ》に引用《いんよう》、曲解《きょっかい》したものなので、多分間違いありません。

もし何か間違っていたら、作者じゃなくて編集部に文句を言ってください。まあ、その前に、このあとがきをチェックする編集さんから、修正《しゅうせい》が入るでしょうが。

それにしても、この『イレギュラーズ・パラダイス』。ここに辿《たど》りつくまでかなり苦労《くろう》しました。

この作品の大本《おおもと》である、龍皇杯《ドラゴンカップ》エントリーの短編から思いきり苦労しました。

たとえるならマラソンのスタートでいきなり転んで、始まったような感じです。これが短距《たんきょ》離走《りそう》だったら、その時点で最下位決定でした。


原稿用紙で四〇ページの空白を文字で埋《う》めて、担当編集さんのOKを貰《もら》う。


こう書けばたった一行のことなのに、作者はこれに半年以上かかりました。何度も原稿を直して、担当編集さんに読んで貰い、また直す。

それを繰り返す間、作者は直した回数を原稿の端《はし》でカウントしていたのですが、二〇回を軽《かる》く超《こ》えてます。ただ、これは決して無駄《むだ》なことではなかったです。

無駄なモノを削《そ》ぎ落《お》とし、伝えたいことを簡潔《かんけつ》に、そして明確《めいかく》にする。さらにストーリーの起伏《きふく》など、今まで未熟《みじゆく》だった部分を自覚《じかく》し、鍛《きた》えることができました。

そのことは担当編集さんに感謝《かんしや》したいです。まあ、何度も、何度もしつこいぐらいに駄目出しを貰ったことについては、ちょっとあれですが。


そして、『イレギュラーズ・パラダイス』のイラスト。

これもとっても重要です。

イラストレーターの榎宮さん、ただ一言で表現するなら、最高です。

もうちょっと長い文章で表現するなら、彼なくして今の『イレギュラーズ・パラダイス』はなかったです。

作者は絵が下手な人間なので、絵の得意な人はそれだけで尊敬《そんけい》します。だけど、それだけではなく、榎宮さんはキャラクターの外見《がいけん》から、そこに付随《ふずい》する設定《せってい》まで考えてくれて、まったくどちらが作者かわからない、というふうな感じでした。

作者としては、自分とは違う視点《してん》からの発想《はっそう》が面白くもあり、その設定を考えついた榎宮さんの才能にほんのちょっと嫉妬《しっと》などもしてしまいした。

自分には足りないモノをもっていて、それを補《おぎな》ってくれる感覚かもしれません。できれば、これからも長い付き合いになったら、と思っています。

まあ、これは作者の勝手な片想《かたおも》いだったりするのですが。


とにかく、ここに辿りつくまでに、ほんとうに苦労しました。でも、困ったことに苦労したからこそ、『イレギュラーズ・パラダイス』という作品は作者にとって、とても愛着《あいちゃく》のあるモノになりました。

できれば、この作品を読んでくれた人が、面白かったと思ってくれたら嬉しい限りです。

面白いと思ってくれた人は、「『イレパラ』最高!」と周りに広めてくれると、作者も幸せな気分でいっぱいになれます。
さて、話は尽《つ》きて、これでお仕舞《しま》い。
また、どこかであなたと会えることを祈《いの》って、今はさようならです。

二〇〇三年　一一月

★上田志岐先生と榎宮祐先生に応援メッセージを送ろう！★
宛先は
〒一〇二-八一四四　東京都千代田区富士見一-一二-一四
富士見書房　ミステリー文庫編集部気付
上田志岐（様）
榎宮祐（様）

富士見ミステリー文庫　FM48-4

イレギュラーズ・パラダイス
赤い童話のワールドエンド

上田志岐　うえだしき

平成15年12月15日　初版発行
平成16年2月10日　再版発行

発行者——小川　洋
発行所——富士見書房
〒102-8144 東京都千代田区富士見1-12-14
電話　編集 (03)3238-8585　営業 (03)3238-8531
振替　00170-5-86044

印刷所——暁印刷
製本所——コオトブックライン
装丁者——朝倉哲也

ISBN4-8291-6232-5 C0193

FUJIMI MYSTERY BUNKO

富士見ミステリー文庫

ぐるぐる渦巻きの名探偵

上田志岐／煉瓦

僕の名は《カタリ屋》
ようこそ、世界の中心へ

——ぐるぐる渦巻きの中心では、全ての謎が謎でなくなり、そこにはどんな難事件でも解決できる名探偵が住んでいる——。暴力女子高生、緑の警官、そして白すぎる男(女?)。世界の中心を巡る者たちの、不可思議なオトギ話。第二回ヤングミステリー大賞〈竹河聖賞〉受賞作。

富士見書房

FUJIMI MYSTERY BUNKO

富士見ミステリー文庫

ぐるぐる渦巻きの名探偵2

逆しまの塔とメイ探偵

上田志岐／煉瓦

希望は絶望に、絶望は希望に
世界の全てが逆さまになる

一通の招待状に導かれるように、《カタリ屋》たちはある塔へと向かう。だが、そこは地下深くから地上へ聳え立つ、内部が上下逆さで、外界からも遮断された閉鎖空間。渦巻く人間模様を嘲笑うように、一つの殺人が起こって……。逆さまで摩訶不思議なおとぎ話第二弾!!

富士見書房

FUJIMI MYSTERY BUNKO

富士見ミステリー文庫

ぐるぐる渦巻きの名探偵3

カレイドスコープ・エスケープ

上田志岐／煉瓦

黒き羽を持つ少女が誘う
鏡に映る、もう一つの世界

「七年に一度、生徒が神隠しに遭う」と噂される学園祭の日。ガラクタ置き場は大量の鏡で覆い尽くされていた。無限の像が交錯する《鏡の部屋》で、黒い羽を纏う少女は優しく誘う。やがて、加奈子は鏡の迷宮へと引き摺り込まれていくのだった。不可思議なおとぎ話第三弾!!

富士見書房

FUJIMI MYSTERY BUNKO
富士見ミステリー文庫

業多姫

壱之帖——風待月

時海結以／増田恵

戦乱の世。その出逢いが、少女の運命を変えた——

時は五百年の昔。異能の力を持つが故に《業多姫》と呼ばれる少女・鳴は、何者かの手により母を亡くす。多くの謎を残した死の真相を探る鳴に放たれた、敵国の刺客。渦巻く陰謀。そして出逢った、颯音という不思議な少年——。第二回ヤングミステリー大賞、準入選作!!

富士見書房

FUJIMI MYSTERY BUNKO

富士見ミステリー文庫

タクティカル・ジャッジメント

逆転のトリック・スター！

師走トオル／緋呂河とも

どこのどいつだ？
タワケたことをぬかすのは⁉

俺の名は山鹿善行。かなり有能な弁護士だ。ある日、1本の電話があった。かけてきたのは水澄雪奈。俺の幼なじみだ。あろうことか、その雪奈に殺人の嫌疑が。雪奈を悲しませる奴は、死ぬほど後悔させてやる。この裁判、何がなんでも奪うぜ、逆転無罪っ!!

富士見書房

FUJIMI MYSTERY BUNKO

富士見ミステリー文庫

ROOM NO.1301

おとなりさんはアーティスティック!?

新井輝／さっち

富士見書房

健一の本当の恋はいったいどこにある!?

普通の高校生・健一は放課後——同級生の千夜子に突然呼び出され告白される。さらに、その帰り道、行き倒れている謎の女性を拾ってなぜかラブラブとなってしまう健一。恋愛に興味のなかった彼の日常はどうにもおかしな方向に!?　切なくて、可笑しくてちょっとHな物語。

FUJIMI MYSTERY BUNKO

富士見ミステリー文庫

ANGEL
天国？へのトビラ

南房秀久／深月晏子

ホテル〈天使の巣〉で少女は【弟】に出会う！

失恋し、親友に裏切られ、父を亡くした十六歳の少女・舞夢《まいむ》は〈天使の巣〉と呼ばれる謎のホテルに住むことになる。そこで舞夢は義理の弟・優《すぐる》に出会うが……。泊まる人すべてが癒されるというホテルで、少女はどんな夢を見るのか？　ラブ・ミステリー登場！

富士見書房

FUJIMI MYSTERY BUNKO

富士見ミステリー文庫

LOST MOMENT——世界の記憶

水城正太郎／RURU

その左手で未来を変えろ

世界大戦のただ中、日本という国家が突如、消滅した。ドーバーの片隅で生きる少年・アーティはある日、日本が遺した科学文明の極致《クロノメーター》を手に入れる。それが、全ての始まり。交錯する各国の思惑、迫る「終末の時」。アーティの、世界をかけた戦いが始まる！

富士見書房